字
句
——
Lette

无尽的河流

大莫纳

Le Grand Meaulnes

［法］阿兰-傅尼埃 著 许志强 译

Alain Fournier

上海文艺出版社
Shanghai Literature & Art Publishing House

目　录

阿兰－傅尼埃和《大莫纳》（译序）/ 1

第一部

第一章　寄宿生 / 23

第二章　四点钟以后 / 33

第三章　"我以前很喜欢站在藤编店门口……" / 37

第四章　跑了 / 43

第五章　马车归来 / 49

第六章　轻轻叩击窗玻璃 / 54

第七章　丝绸马甲 / 62

第八章　历险 / 70

第九章　停 / 75

第十章　羊栏 / 80

第十一章　神秘的领地 / 84

第十二章　威灵顿的房间 / 90

第十三章　奇怪的游园会 / 94

第十四章　奇怪的游园会（续篇）/ 99

第十五章　相遇 / 106

第十六章　弗朗茨·德·加莱 /116

第十七章　奇怪的游园会（终篇）/ 124

第二部

第一章　海盗 / 131

第二章　伏击 / 138

第三章　校园里的流浪汉 / 144

第四章　神秘的领地露出端倪 / 152

第五章　穿艾丝巴莉的人 / 160

第六章　帷幕后的争吵 / 166

第七章　绷带拆除了 / 172

第八章　警察！ / 176

第九章　寻找迷失的路径 / 180

第十章　洗涤日 / 190

第十一章　我背叛了朋友 / 195

第十二章　莫纳的三封信 / 201

第三部

第一章　野泳会 / 211

第二章　在弗洛朗丹家 / 219

第三章　幽灵 / 232

第四章　我带来了消息 / 242

第五章　远足 / 250

第六章　远足（终篇）/ 257

第七章　婚礼日 / 267

第八章　弗朗茨的信号 / 271

第九章　房子里 / 278

第十章　弗朗茨的房子 / 285

第十一章　雨中的对话 / 294

第十二章　重负 / 302

第十三章　练习簿 / 311

第十四章　秘密 / 315

第十五章　秘密（续篇）/ 324

第十六章　秘密（终篇）/ 333

尾　声 / 339

阿兰-傅尼埃和《大莫纳》(译序)

许志强

一

阿兰-傅尼埃(Alain-Fournier),原名亨利·阿尔邦·傅尼埃(Henri Arban Fournier),一八八六年十月三十日出生于法国中部小镇夏佩尔-东吉永(La Chapelle d'Angillon),父母是乡村教师。一九〇三年进入巴黎拉卡纳尔中学就读。中学毕业开始写诗,并报考巴黎高师,结果两次都未能考上,其后入伍当文书。一九〇五年旅居伦敦。一九一二年,小说《大莫纳》(Le Grand Meaulnes)在《新法兰西评论》连载,受到好评。一九一四年夏天欧战爆发,随部队开赴前线,于当年九月在圣-雷米(Saint-Remy)遭遇德军伏击身亡,年仅二十七岁。

遗作《奇迹集》(Les Miracles)出版于一九二四年。与雅克·里维埃的《通信集》出版于一九二六年。《家庭通信集》出版于一九三〇年。另有未完成的小说《科伦贝·布朗歇》(Colombe Blanchet)存世。除《奇迹集》中的诗歌、故事和随笔，完整的创作只有一部《大莫纳》。

《大莫纳》的故事背景是作者童年生活的那一带乡镇；几个主要的地名都在小说中出现。夏佩尔－东吉永是属于中部内陆地区，北有隶属于歇尔县（Cher）的布尔日镇（Bourges），与索洛涅（Sologne）接壤。索洛涅是位于歇尔和卢瓦尔（loire）之间的一个渔猎区，胡格诺教徒遭到驱逐后变得荒凉，遗落下不少旧庄园和大城堡。作者便是在这人烟稀少的地区度过了童年。

亨利·米勒在评论《大莫纳》时谈到该地区，他说：

> 这是一个以其态度温和、气氛和谐、说话谨慎而闻名的地区，是一个已经"人性化了几个世纪"的地区，正如某位法国作家所说。所以，这里实在是太适合于产生梦幻和怀旧心理了。

傅尼埃一向重视故乡的童年回忆。在写给父母亲的信中，他曾深情回忆儿时的种种感觉。在《领地的人们》（Les Gens du Domaine）这本被视为《大莫纳》雏形的书中，他描写过塔楼、老井或细沙路等片段场景。源于童年的视觉形象是他的创作母题，比成形的故事情节出现得更早。可以说，乡村少年胆怯的梦幻气质，孕育了他的诗人意识——倾听远方或"梦土"的召唤。而他对冒险的渴望也是源于这种气质。

傅尼埃自幼向往大海，立志成为海军军官，将英国视为冒险的国土。儿时最喜爱的读物是《鲁滨逊漂流记》等。英国事物、海军军官、鲁滨逊的典故等在《大莫纳》中就反复出现。该篇独具特质的孩童想象，萦绕着作者自孩提时代起就念念不忘的"看海去"的心愿。

日后成长过程中，他的梦想逐渐被赋予超现实的意味；他以"梦土"、"无名的国度"等说法暗示某个微型乌托邦的存在。《领地的人们》中有这样一个场景：严肃的儿童坐在教堂垫子上，对着火炉翻阅照相簿，有些人在吃面包，碎屑掉落在打蜡地板上，或许为此要受到轻声呵斥，而在房子某处有人在弹钢琴，一个温柔优雅的女人……；此类场景照射着一道奇异的幸福之光，在《大莫纳》的游园会章节中出现，并且被赋予了华托（Jean Antoine

Watteau）的洛可可绘画所传达的乡村宴会和花衣小丑的喜庆气息，构成全篇梦幻的中心。

傅尼埃的生活和梦想好像只是为这一部作品在准备的。这部描写学童生活的小说，把童年的白日梦和青春的浪漫奇遇写了出来。像兰波的作品那样，它表达的是短暂人生的梦幻的精华。

二

关于《大莫纳》的创作，有两点背景材料需要交代一下，和作者在巴黎的生活相关，主要来自雅克·里维埃的讲述。里维埃是《新法兰西评论》的主编，是作家的中学同学和妹夫，他们有着共同成长的背景。

在巴黎的拉卡纳尔中学就读，学习拉辛、卢梭、夏多布里昂等经典作家，这些大师的作品似乎未能让傅尼埃产生特别的印象。有一天，老师在课堂上朗诵亨利·德·雷尼埃的诗作，那种新的调子立刻打动了他。

里维埃回忆说：

> 我们遇到的那种语言是特意为我们挑选的，如此

令人激动，而从前并不知晓，那种语言不仅安抚我们的感觉，也向我们揭示我们自身。它触及我们灵魂中的未知区域，拨动我们的心弦。

雷尼埃是后期象征主义诗人，《乡村迎神赛会》的作者，深受魏尔伦和马拉美的影响。老师的课堂打开了一扇门。傅尼埃开始接触象征派文学，诸如颓废诗人于勒·拉弗格、旧教诗人弗朗西斯·雅姆，以及纪德、克洛岱尔、兰波等人的作品。

他最喜欢的是拉弗格和雅姆。拉弗格的讽喻（"美丽的满月像财富般肥胖臃肿"），雅姆的稚拙（"我像驴子那样厮守卑贱而甜美的贫困"），最投合他趣味。气质上，他认可信奉天主教的诗人，雅姆、克洛岱尔、夏尔·佩吉等；这些诗人的共同点，宁取忧愁而不接受理智，偏爱自然和幻觉，对乡村少年傅尼埃的吸引力不难想见。尤其是雅姆，善于融合神秘和现实，描写乡村日常面貌，从"餐厅古老大柜子、不发声的杜鹃时钟、散发油漆味的餐具柜"等物件中捕捉活生生的"小灵魂"，这种天真的倾向在傅尼埃的创作中有所体现。

中学毕业后他开始酝酿、创作《大莫纳》。他说，他要表现"别样的风景"(Other Landscape),描绘那个居住着孩子们的"无名的国度"(Nameless Land)。主流现实主义不合他的要求;现实主义只借助"一点科学和尽可能多的平庸的日常现实:将整个世界建立在这上面"。这是他对巴尔扎克的看法。而他倾向于"从梦想到现实不断地敏感地来回穿梭";他说"只有当神奇紧密地嵌入现实时我才喜欢它"。这些言论表明其观念和趣味,预示《大莫纳》的创作美学。

在巴黎发生的另一件事对他也很重要。一九〇五年六月一日(圣母升天节),他在街头邂逅一名少女,一见钟情,难以自拔。此事在他的诗作和书信里都有记录,里维埃的回忆也提供了相关细节。

在巴黎库拉雷纳区遇见的少女,名叫伊冯娜·德·奎夫古(Yvonne de Quièvrecourt),傅尼埃在书信中称她 Q 小姐。约会时那位少女很矜持。他谈自己的梦想和计划;她聆听,偶尔轻声反驳:"但是何必呢……何必呢。"他们在塞纳河划船,在一个废弃的码头登岸,她的神态像是在说:"我们必须分开。我们是很傻的。"约会结束,他和那个女孩便失去了联系。

约会的第一个周年纪念日,他去老地方等待。她没有来。他总是在苦苦等待,没法找到她。再次报考巴黎高师落榜后的一天，友人带来消息说她已结婚，住在凡尔赛。他在写给里维埃的信中说：

> Q小姐去年冬天结婚了。现在除了你，亲爱的朋友，还有什么留给我的呢？

第一次约会的八年后又见了一面，这是最后一次。阵亡前一年，他给里维埃写信说：

> 她确实是世上唯一能给我以安宁和休憩的人，而我这一生怕是再也得不到安宁了。

巴黎街头邂逅的少女，以伊冯娜·德·加莱的形象出现在小说中。莫纳在巴黎街头的长椅上苦苦等待伊冯娜，无疑是融入了作者痴恋的经历。这段只能称为单恋的插曲，对作家日后的小说创作应该是颇有意义的。

在一首题为《穿过夏天》的诗中，傅尼埃写道：

> 正是在这儿……靠近你，哦，我远方的爱人，/我走去，/……向着你所在的古堡，你是多么温柔而

> 高傲……小船发出引擎平缓的声响和汩汩的流水声。

诗中描绘的"远方的爱人"、"古堡"、"游船"等,也在《大莫纳》的游园会章节中出现。

以上所说的两个插曲,评论界通常认为是作家的生平和创作中的大事件,关乎作家的文学教育和灵感来源。

这位英年早逝的诗人,性情胆怯又无畏。他喜欢冒险,读中学时就是一个带头反抗成规陋习的造反派。在飞机尚属新生事物时便有了飞行的体验。在巴黎曾和当红女伶谈恋爱,还为一位未来的法国总统操刀写作政治宣传册子。旅居伦敦期间,担任过诗人T.S.艾略特的法语文学教师。艾略特这样评价他:

> 教养无可挑剔,拥有不张扬的幽默感和极大的个人魅力。

艾略特所说的"不张扬的幽默感",在《大莫纳》一书中也能见到;该篇对父母和同学们的描述,对莫纳迷路时一举一动的刻画,等等,不难让人感受到那种略含笑意的注视。作者有极好的幽默感正如他有罕见的童贞感。

傅尼埃在巴黎写作《大莫纳》，住在卢森堡公园附近的一条街上。他在致友人的信中说：

> 如果说我这个人向来有些孩子气，软弱又傻气，那么至少是有这样一些时刻，在这个恶名远扬的城市里，我还是有力量创造我的生活，就像创造一个奇妙的童话故事。

《大莫纳》出版，隔年大战爆发，傅尼埃中尉应征入伍，于当年九月不幸阵亡，应验了他生前的一句诗——"九月打中我的心脏"。但清理战场时并未找到他的遗体。尸骨直到一九九二年才被法国政府找到，检测结果是额部中弹，应是在伏击战中当场阵亡。将近八十年后，有关其下落的这桩悬案终于有了结论；傅尼埃的亲故至交，包括Q小姐，多半已不在人世，只有喜爱他的读者或许才会为这迟到的验证而感叹唏嘘吧。

三

亨利·米勒说，傅尼埃"肯定算不上是一个伟大的法国作家，但他是一个随着时光的流逝在法国人心中变得越来越珍贵的作家"。他认为，《大莫纳》久盛不衰的原因是在于"把内心和外界的景色融为一体，从而产生一种无穷的魅力"；"笼罩它并赋予它魅力和苦涩味的神秘氛围是源自梦幻与现实的结合"。

郑克鲁在其《现代法国小说史》中指出："阿兰－傅尼埃采用了现实与梦幻相结合的手法来描写故事，这是小说最大的特点，也是评论家所称道的地方。"

作家曾在书信中坦陈其艺术追求。他说：

> 我在艺术上和文学上的信条是：童年。达到完全的成熟，达到现有的深度触及了那些秘密。……我的梦幻似乎是无边无际的。那模糊的孩提时代的生活占有主导地位，其他的一切都是衬托。它们闹哄哄的不肯散去，其嘈杂声不绝于耳。

除了表明"怀旧"和"梦幻"在其艺术思想中占据核心地位，他还断然将童年生活之外的一切存在都加以剥离，斥之为噪音和次要的衬托。他声言这是在"达到完全的成熟和现有的深度"时形成的信条。

可以说,《大莫纳》表达稚气的幻想是基于作者清醒的反思,是在其信念的层次上拥抱童年生活的价值。这种拜童年教的立场无疑是包含着他的批判性和抗拒性。我们从书里书外均可得到相关印证。

举个小说之外的例子。

傅尼埃在报刊发表的处女作是一篇短文,题为《女性的身体》(Le Corps de la Femme),文章宣扬圣母、贞洁之类的观念,对古希腊古罗马美术的裸体崇拜颇为反感,主张女人应该穿上衣服,通过衣裙尽显其身体的纤弱之美,但要兼具农民的淳朴和春天薄暮的芬芳。这就是他所讴歌的数世纪以来形成的基督教的理想之美,和他所推崇的英国拉斐尔前派的绘画精神也是契合的。

据说这篇文章是为取悦 Q 小姐而作,后者是虔诚的天主教徒。虽然文章未能打动她,没有达到求爱的目的,但或许有助于理解作者的心迹,他对这位高傲的女郎何以如此痴迷执着。《大莫纳》的女主角伊冯娜,她被赋予了某种端庄绰约的神秘美感,似乎也就不难索解。

《女性的身体》一文表达的观念是反潮流的,透露一种旧教的神秘主义气息。作者也确曾经历旷日持久的天主教信仰的冲动,几度想要皈依而未果。那么或许可以说,他在《大莫纳》的创作中注入了一种与其非世俗信仰相近的东西，一种几乎是静止的纯真和美丽。

对此不妨稍做展开分析。

一方面，作者描绘了历险的动态及其颠覆性功能。莫纳桀骜不驯，证明了野性的非凡价值：奇遇是靠大胆和莽撞才创造出来的。另一方面，耐人寻味的是，这个有关少年冒险的故事也在表达对"存在的静止性"的渴望。

莫纳逃学，使得静止的一切都开始流动起来；这流动的时间不是单向的，而是进入一个过去和现在之间不停往返的螺旋形结构，使得故事呈现复杂的迷宫效应。

我们看到，这是莫纳和弗朗茨创造的故事；这也是弗朗索瓦讲述的故事。在后者的讲述中，莫纳和弗朗茨共享的领地变成了"梦土"；而这一度失落的"梦土"，正是以其"存在的静止性"而令他们念兹在兹，令他们力图保留其存在的每一块碎片。碎片是时间的产物。比碎片更诱人的是超乎时间的存有，是幻影，是渴念，是整全！

神秘的领地和游园会并没有超乎尘世，它受到时空限制和时光流逝的侵蚀，但游园会的奇妙氛围在莫纳的心里却滞留不去，演变为一种真正的传奇和神秘，而当城堡公主和神秘领地重新进入现实时，这一切便注定要崩塌，要在重聚和团圆中死亡。

叙事人弗朗索瓦的讲述似乎成了唯一的救赎——艺术的救赎，因为只有在回顾和讲述中，莫纳误入城堡的故事以及那种"存在的静止性"才又得以复现，透过莫纳历险时曾经揭开的那道面纱，女主角的萦回难忘的美丽定格于眼前，而城堡那种莫可名状的难以接近，时而投照着童贞开启的一片曙光，时而笼罩着童贞失落的一层暮光，呈现孩子气的幻想才能捕捉到的面貌。

小说贯穿的便是这种具有浪漫性关联的时空感和梦幻感。如果讲述人不是弗朗索瓦，如果误入城堡的不是莫纳而是亚士曼、穆什伯夫之流，故事也许就不会那么曲折、富于奇想和梦幻了。

这种幻想按照作者的说法是无边无际的，使小说写到的一切事物——家园、校舍、乡野、塔楼、冷杉树林和孩子们的歌声——都漂浮在如梦似幻的记忆中，在流动的时间和"存在的静止性"之间时隐时现，萦绕回复。

四

作为一部经典的成长小说，《大莫纳》究竟在何种意义上契合我们对成长小说的定义,这是值得思考和探讨的。鉴于叙述人及两位男性主角是如此孩子气,我们恐怕难以在一般所谓的"成长"的意义上来理解这个故事。

人物不仅是孩子气并且只愿滞留于童稚阶段。即便小说有一半篇幅是在写青春,写青春恋情,人物向成年过渡的环节也几乎总是处在萌芽状态。莫纳、弗朗茨、瓦朗蒂娜的爱情纠葛,本该构成成长小说的聚焦点,将选择、责任和成熟的代价突显出来,而《大莫纳》并非没有涉及选择、责任和冲突的道德意义(否则莫纳何以要在新婚之夜离弃爱人,心急如焚地去纠正他所犯下的那个"错误"呢?),但在叙事人的讲述中,三角恋及伊冯娜的死亡是给莫纳的历险提供结局,较少在常规意义上聚焦于成长主题。

焦点还是在于童年梦幻和平庸现实的二元对立,针对的是失落的领地所具有的迷宫效应。

至少在叙事人看来,最大的失败和伤痛是孩子气的梦想遭到否定,是大莫纳的离去和伊冯娜的死亡,是这个有关承诺和背叛的游戏趋于终结,再也玩不下去了,因为时间超越了童年的迷宫以及迷宫的后续效应;一言以蔽之,是神奇不再,青春终结,一切复归于庸常,这是小说在开篇和结尾以惆怅的语调所做的总结。

至于成长小说的重要母题——有关自我同一性危机的传统母题(即"自己该成为什么样的人?"),它必定要在人物身上施加的迷惘和痛苦,只是在叙事人弗朗索瓦身上轻轻触及。对主角莫纳和弗朗茨来说,自我同一性的问题显然不成其为问题;他们是那种长不大的孩子,童贞常在,异想天开,似乎注定要在所有老年人的哀叹声中嬉戏般地消失。

《大莫纳》被誉为经典的成长小说,具备成长小说特有的青春意识、时间框架和仪式化情节。但是也不难看到,直到小说的叙述结束,所谓的"成长"也始终是悬而未决;其"反成长"的牵引力是如此之大(正如塞林格的《麦田守望者》所表现的那样),将它称作是非典型的成长小说或许会更确切些。说它"非典型"并不意味着这是缺陷,倒不如说正是表明了一种特色,和同类小说相比它所具有的独特魅力。

我们有理由相信,莫纳把女儿裹进斗篷又开始新的历险,他的故事未完待续,会有新篇。我们更有理由相信,这位做了父亲、留大胡子的莫纳仍是那个孩子气的莫纳;未见得成熟,并且永远将是迷人而可贵地不成熟。

五

《大莫纳》出版之后迷惑了几代法国读者,如今被译成四十多种文字,受到世界各地读者喜爱,它的吸引力不正是来自它对一个孩童忧乐园的奇妙叙述吗?

作者将其创作主题概括为"童年"。它实质是一种意识形态:除了着意描绘的纯真的童年,还包括纯真的乡土、纯真的贵族、纯真的农民所组成的乡村社会。这种美化的倾向反映作者的社会意识;他对童年主题的书写,不只是出于怀旧的冲动,也涉及文化意识形态的审视和关切。

在他看来,十九世纪末的法国农村还保有数世纪以来的基督教信仰所建立的社会基础,这是他赖以生存的根基,但在世俗化、法制化、电气化和工业化的潮流中,宁静的乡村社会趋于瓦解,他对必将消失的"童年"的理解因此也包含他对社会变迁的感喟和忧思。他和同时期的爱尔兰诗人叶芝的思想相近,怀有乡村乌托邦式的迷恋,并且将那种纯化的理念视为救赎之道。

我们看到,作者强调"大莫纳"身上的农民气质,把他描绘成擅长在乡野林地活动的"农民加猎手",其野性和机敏,代表着卓越的农村孩子的品性;他是孩子王,也是传奇的英雄。其实莫纳并非农家出身,这在书中就有交代;他是被有意赋予了那种令人感佩的乡村气质,正如弗朗茨被有意赋予了纯真的纨绔子弟气质。

那么,书中的主角"大莫纳"和弗朗茨,他们俩的联手(联姻)合作是否也暗示了叶芝所表达的愿景,即旧贵族和受过教育的农家子弟联合起来,重建一个被工业资本和殖民扩张所毁坏的天主教农业国?

这样说就有过度阐释之嫌,这不是小说表现的主题。但作者在随笔和政论文章中阐述过这种和叶芝相仿的理念。可以说,年轻的傅尼埃在创作《大莫纳》时达到了他所说的世界观的成熟。他的拜童年教的立场,也是源于诗人对其所处时代的反思。

《大莫纳》写到"伊冯娜之死"时有这样一段话:

> ……一切都是疼痛和苦涩的,因为她死了。世上空虚了,假日结束了——那漫长的乡村马车旅行,还有神秘的游园会,也结束了……

"伊冯娜之死"无疑是象征着童年以及乡村文化的凋落；这是在为旧时代的消逝谱写挽歌。

傅尼埃所处的时代，十九世纪末、二十世纪初，是铁路、马车和煤油灯并存的时代。按照 T.S. 艾略特的说法，这是"一个具有强烈的时间意识的时代"；新生事物层出不穷，世界的面貌正在改变。如果说诗人在外部现实中会感觉到什么都不易抓住，抓不住永恒、上帝和"存在的静止性"等事物，那么他或许会像傅尼埃所做的那样，求助于怀旧、梦幻和想象的律动，赋予童年生活以魔力，甚至会以终极的视角来处理一个很小的主题——将童年生活的小角落转化为一个梦幻乌托邦。

傅尼埃既有乡村诗人的情结，也有都市文化的时尚感；他的气质并不是单一的。而一个有强烈的时间意识的时代，时间意识不会只是单向度地向前或向后。那种变动不居的外在现实也并非只有消极的意义。毋宁说，时间意识会在微观思想的层次上造成综合；会给失落和伤感加上绵长的休止符，给梦想注入理智的讽喻和解析，给记忆增添迷宫般的幻景；它会赋予艺术家更为生动的视觉和更为敏锐的时空感，如《大莫纳》别具一格的创作所展示的。

作者以精致如画的小段落、萦绕往复的叙述、淡入淡出的场景，讲述乡村学童的生活及其初始经验；以一种精巧的悲喜剧的方式，将童年生活的环境引入与其非世俗信仰相近的"永无乡"（Neverland）中，使之具有恒久的梦幻意味。

一个多世纪过去了，这部中译不到十五万字的小书不断赢得读者，从亨利·米勒、萨特、波伏娃、拉威尔、凯鲁亚克、马尔克斯、昆德拉、詹明信等艺坛名家、文化学者到广大的普通读者，都纷纷表示对它的喜爱和推崇。人们珍爱它，或者也是因为世间再也不会诞生《大莫纳》这样一本小书了。它是法国文学的珍品，是年轻的傅尼埃留给世人的礼物。

2021 年 12 月 25 日

第一部

第一章　寄宿生

他是在189×年11月的一个星期天出现在我们房子里的。

房子已不再是我们的了,而我却还在说"我们的"房子。我们离开那个地区差不多过了十五年,而我们是不打算回到那儿去了。

我们住在圣·阿戈特中学的房屋里。我像其他男孩那样称呼我父亲索莱尔先生,他负责高年级班,而读这个班就有资格参加教师合格证的考试。他也教低年级班,把年幼的男孩留给我母亲。

那是一座矗立在村子边缘的长长的红楼。它披戴着五叶爬山虎,有五扇玻璃门对着一个用作操场的巨大庭院,部分加盖屋顶以便遮风挡雨;一侧有座洗衣房,还有一扇直通村里的很大的院门。庭院北侧有一扇较小的门对着离火车站三公里远的那条路。南面是花园、田野和草场，朝着市镇边界绵延而去。这是我生活的一个环境，我在其间度过了最为苦恼和宝贵的日子；这是一块栖息地，我们的探险活动流出又回流，像波浪拍打着寂寞的岬角。

是某支铅笔在名册上画下查验的记号，或是某位督学或县长的决定，将我们抛落到那个地方，在暑假将尽的时候，很久以前的某一天，一辆农户的运货马车赶在我们的家庭用品运抵之前把我们放落下来，母亲和我，面对着那扇锈迹斑斑的小院门。几个在园子里偷桃子的小孩子钻过篱笆豁口一溜烟跑了……我母亲——我们叫她米莉——世上最精细的家庭主妇，急忙走进散落着尘土和稻草的屋子，便得出毫无希望的结论，像她每次搬家时都要数落的那样，我们的家当是不可能放进这样局促的地方的……于是她便出来跟我诉苦，一面唉声叹气，一面不停用手帕擦拭我那孩子气的脸蛋，把旅途的尘垢除去。接着便又回去清点我们入住之前不得不封堵的门窗……而我戴着饰有缎带的宽边草帽，站在这座陌生庭院的沙砾地上，只是在那儿等待着，至多到井边和操场上去作试探性的勘察。

这至少是眼下我"想象"的我们抵达时的情形。因为一旦设法重温我在圣·阿戈特庭院的头一个黄昏那种朦胧期待的状态,即刻便有别的期待状态从记忆中冒出来;我看见我自己,两手紧按在大门栅栏上,眼巴巴地守望着那个会沿着村里大街阔步走来的人。如果我试着看见在贮藏室当中的阁楼里我不得不度过第一夜的情景,心里勾起的则是另一些夜晚的情景;我在房间里不再感到孤单了,一个高高的身影在墙壁上移动着,来来回回,动个不停,又那么的亲密。那整个宁静的场景——那所学校,有三棵胡桃树的老马丁的田地,四点钟以后有女访客侵入的那座花园——在我的思绪中永远被惊动了,由于那个人的在场而彻底变形了,那个人完全扰乱了我们的青涩岁月,即便是在离我们而去时,也不让我们松一口气。

可我们在那儿过了整整十年莫纳才初次到场。

我十五岁。是个十一月寒冷的星期天,有了冬天预兆的第一天。米莉整天都在为那辆迟迟不来的送货马车犯愁,它要从火车站给她捎来一顶换季的帽子。她把我一个人送去做弥撒,而到布道时,从唱诗班男孩的座位上,我都还在伸长脖子希望看到她戴着那顶新帽子走进教堂来呢。

下午我也不得不独自去做晚祷了。

"再说哪,"她安抚着我说道,用手掸着我那套星期天服装,"就算是他们把它给捎来了,想必我也得花整个星期天将它改造的。"

我们冬季的星期天常常是过得一成不变:天刚蒙蒙亮父亲便动身去往某个遥远的雾气弥漫的池塘,从船上垂钓梭子鱼,而母亲则关在她那间昏暗房间里直到夜幕降临,改造她那些简陋的服饰。倘若她尽量躲开别人的视线,那是由于害怕某个相识的和她一样穷酸又一样自尊的女士,撞见她在做这种活计。而我做完下午的礼拜回到家,只能捧着一本书在冷飕飕的餐室里等待,直到她打开房门亮出她的劳动成果为止。

单单在那个星期天,教堂门前的一阵喧闹让我回去得晚了。一场洗礼仪式引得一帮小孩子聚在门廊下。广场上几个穿消防队制服叉着来复枪的村民,站在那里冻得瑟瑟发抖,跺着脚,而班长布亚东则在错综复杂的演习中搞得越来越手忙脚乱……

接着,施洗礼隆隆敲响的钟声便蓦然打住——浑似某个欣然发布义卖会召唤的人意识到弄错日期或教区了。布亚东和他的队伍,此刻肩扛来复枪,和那辆消防车一起快步离开，而我眼看着他们拐进一条背街小巷，后面跟着四个小娃娃，他们厚厚的鞋底吱吱嘎嘎踩着冰冻地面上的细树枝。我不敢跟在他们后头。

此刻村子里万籁俱寂，除了达尼尔咖啡店之外。在那儿，在他们的玻璃杯上面，人们忙于激烈的讨论；隐约可闻此起彼落的声音。于是，贴着将我们的房子和村庄隔离的那堵庭院矮墙，我便回到大门口，心里为这么晚才回家而感到内疚。

大门敞开着，而我立刻就明白碰上某件不寻常的事了。

果然在餐室房门——朝向庭院的五扇玻璃门中最近的那扇——外面，有个头发灰白的女人躬身向前设法透过窗帘张望。她身材细小，戴着老式黑天鹅绒软帽。她的脸清瘦而斯文，却布满焦虑。一见她流露某种奇怪的忧虑，我就不由得在门前第一个台阶上停住脚步。

"他究竟能上哪儿去呢？"她有些大声地说道，"不到两分钟前他还跟我在一起哩。他应该是已经检查过这个地方了——他也许是走了……"

她每一次停住独白都会在窗玻璃上轻叩三下——几乎不发出声音的敲击。

因为没有人出来招呼这位不知名的访客进屋去。米莉的帽子我想总算是到达了,而她浑然忘却外部世界,就在红房间深处,在撒满旧缎带和发僵羽毛的床旁边,缝补着、撕扯着、改装着那顶令她半信半疑的帽子……结果我刚进餐室,身后跟着我们那位访客,母亲就露面了,两只手扶住头上那个金属线、丝绸和羽毛的构造物,整个都还有点不太稳当呢……她冲我微笑,那双蓝眼睛由于在暮色中干了那么多细活而显得疲倦,她嚷嚷道:"瞧!我在等着让你看……"

接着,瞥见有陌生人坐在房间另一头那张大扶手椅上,她困惑地刹住话头,便急忙将那顶新帽子摘下,而在随后整个面谈过程中,她将帽子像一只倒扣的鸟巢那样搂在胸口。

那位戴黑天鹅绒软帽的女人,膝盖中间夹着一把雨伞和一个手提皮包,当时点了点头,舌头发出与来访女士相称的哑哑声,开始说明来意了。她恢复了镇静,而一旦谈起她儿子,便摆出一副既高傲又神秘的样子,让我们感到诧异。

他们是赶了车从费尔特-东吉永来的,离圣·阿戈特十四公里路程。是个寡妇,家境相当富裕——这是她让我们领会到的——她两个儿子中的那个小儿子,安托万,已经没了,有一天兄弟俩在放学回家的路上到一个被污染的池塘里洗澡,当晚那个小儿子就死了。她决定把长子奥古斯丁放在我们这儿,作为寄宿生,在高年级班上就读。

眼下她为主动提供给我们的这位新的寄宿生高唱起赞歌来了,不再是那个我在门口看到的无足轻重的小人物,用那种狂乱而哀求的神色窥视着窗户,是母鸡把她窝里的野小子弄丢了的神色。

她用那种极为自得的口吻跟我们讲起她这个儿子,让人听来不胜惊异。为了让她高兴,他会光着腿沿河跋涉几十里路,只为给她取来黑水鸡和野鸭的蛋,是在那处灯芯草草丛里找到的……他也摆放弓网……前天晚上他在林子里找到一只让罗网套住的野雉……

罩衫上撕破一个口子就几乎不敢回家的我,朝米莉看了一眼……

可她不再听我们那位访客讲话了;她还做了个手势让大家安静,极其慎重地把"鸟巢"摆放在桌上,悄悄站起身来,像是要出其不意地将什么人一把揪住似的……

因为在头顶上方,在那个旮旯间里,那儿堆着一些去年七月十四日剩下的有点烧焦的烟花,响起一阵无名的脚步声,非常沉稳有力,来来回回,踩得天花板摇动起来。

接着脚步声便穿过开阔而昏暗的顶楼厢房，朝那些闲置的助理教员的房间退去，我们在那儿把椴树叶子铺开晾干，把苹果铺开烘熟。

"此前在楼下房间里，"米莉悄声说道，"我听见过这个声音。我以为是你，弗朗索瓦，从教堂回家了……"

没有人答腔。眼下我们三个人全都站立起来，心怦怦跳动着。厨房的楼梯顶端那扇阁楼的门打开了。有个人走下来，穿过厨房，出现在餐室门口，便站在那个幽暗的地方。

"奥古斯丁，是你吗？"

那是一位高个青年，大概十七岁。光线太暗，至多依稀辨认出他头上往后推落的那顶农夫毡帽，以及像学童那样用皮带系紧的那件黑布罩衫。可我能够看见他在微笑……

他引起我注意，没等别人来得及让他做出解释便问道："到外面院子里去？"

我犹豫了一下。然后看到米莉什么都没说，就捡起帽子走到他那边去了。我们穿过厨房来到外头，越过庭院，朝已经深深隐没在阴影中的那部分遮顶走去。在逐渐暗淡的光线中，我抬头瞥见他那张有棱有角的面孔，有着笔直的鼻梁和暗影朦胧的上嘴唇。

"看看我在你们家阁楼上找到的东西,"他说道,"你就从未想到过上那儿去看一眼?"

他拿出一个小轮子,熏黑的木头上缠绕着磨损的导火索——是去年七月展示的那个"太阳",要不或许是那个"月亮"。

"有两个没放过。我们照样可以把它们给点着的。"他神色淡然地补充道,仿佛更有意思的事情出现之前这个玩一下也成似的。

他把帽子往地上一扔,这时我看见他像农夫那样留着平头。他给我看那两根导火索,纸捻的芯子让火焰吞噬过,烧焦后被丢弃了。他把轮子的轮毂插进沙砾地里,掏出一盒火柴——这让我瞠目结舌,因为我们是不准带火柴的——弯下腰,小心翼翼地用火点着纸绳。然后他抓住我的手,便迅速将我往后一拉。

母亲和莫纳夫人一起走到门外——膳宿款项经过讨论达成了一致——看见两大束红色和白色的星星从地上嘶嘶作响地升高。而她足可在一秒钟之内瞥见我身披神奇迷人的红光站立在那儿,牵着新来的高个子的手,毫不退缩……

这一次她还是没什么要说的。

那天傍晚,一个沉默无言的伙伴坐在这户人家的餐桌上吃饭了,脑袋凑近盘子,对那三双只管朝他看的眼睛毫不在意。

第二章　四点钟以后

我很少去跟村里的男孩子玩，因为直到那个时候，直到189×年，我都患有膝盖虚弱症，而这让我变得胆怯又落寞。我现在仍能看见我自己，设法赶上那些比我灵活的小孩子，用一条腿跳跃行走。

因此通常我是不许外出的。我记得米莉撞见我瘸着腿和一帮街头顽童厮混，一向很为我感到自豪的她这时就会把我带回家去，这少不了要让我吃耳光。

奥古斯丁·莫纳的到来，正好和我这病症的痊愈是重合的，标志着一种新生活的开端。

在他还没有到来之前，每当四点钟下课时，那种孤寂的黄昏就会在我眼前伸展开来。父亲会把教室炉子里通红的煤块搬运到餐室壁炉里去；而晚归的学生会一个接一个地将那间冷却的教室遗弃,那儿缕缕黑烟缭绕不散……院子里是最后几个蹦蹦跳跳的游戏——随后便是夜晚。那两个轮到打扫教室的学生会从操场屋顶下的挂钩上取下连帽斗篷,把篮子挂在胳膊上飞也似的跑了,让大门虚掩着……

随后,只要白天的一线余晖尚存,我就会走进有镇公所的那幢楼,藏身于档案局办公室的某个角落,与屋里的死苍蝇以及啪嗒嗒颤动的宣传画坐在一起。我拿着书坐在一架旧台秤上,在望得见花园的那扇窗子旁边。

当夜幕四合时,当附近农家场院的狗狂吠起来而我们家小小的厨房窗户透出灯光时,我就回去了。母亲此刻在张罗着晚饭。从狭窄的厨房通向阁楼的楼梯上,没走上几步我就会一言不发地坐下来,头抵着冰冷的扶手,借着她拿去引火的那支蜡烛跳动的光线注视她……

可有人却来打消所有这些温馨而稚气的乐趣了。有人熄灭了那支蜡烛,而它为我照亮母亲凑近晚餐时那甜美的面容;有人熄灭了那盏灯,而在它的照耀下我们是夜间快乐的一家人,当父亲把木头窗户板全都关上时。那个人便是奥古斯丁·莫纳,其他的男孩马上就开始叫他"大莫纳"了。

一旦他在十二月初成为寄宿生，学校从四点钟开始被遗弃的问题就不复存在了。虽说有砰然作响的门放进来的穿堂风，虽说有噼里啪啦的扫帚和提桶，却总是有一二十个留在教室里的高年级男生，村里和乡下的男孩，簇拥着一个中心人物——莫纳。然后便开始漫无边际的讨论，没完没了的争论，而我也敢参与其中，感觉有些欢喜，有些窘迫。

至于莫纳，他几乎不怎么说话，可正是为了他的缘故才会不时有比较饶舌的小伙子挤到人群中间，把伙伴逐个叫出来为他作证，而他们吵吵嚷嚷地替他作证，他就开始讲一个打家劫舍的冗长故事，而其余的人都张开嘴听着，不出声地大笑。

莫纳坐在课桌上，晃着腿，似乎在沉思默想来着。适当的时候他也会笑的，但笑得节制，仿佛是把哈哈大笑留给只有他自己才知道的某个更好听的故事似的。随后，当夜幕降临、窗户的光线不再将他身旁那堆人的轮廓勾勒出来时，莫纳便用力抬起身，从人堆里挤过去，边走边叫喊道："好了，我们走吧！"

他们便走了。入夜后你都可以听到黑漆漆的大街另一头他们发出的叫喊声……

眼下有几天我也跟着一起走了。我会和莫纳一起站在郊外村庄的牲口棚门口,看着农夫给母牛挤奶……或者我们会踏进一户工场间,而那个织布工的嗓门会从昏暗处响起来,高过织布机的咔嗒声:"啊,来了帮学生仔!"

通常到吃晚饭时,我们才又走近家门口,或许会在车匠德努开的那座铁匠铺前逗留一下,而他也是一个蹄铁匠。他家的房屋曾是一家小客栈,有一扇通常是敞开着的巨大的双截门。你可以听到大街上风箱的叹息声,而在炭火明亮的光芒中,在颤动的阴影和喧闹声中,你或许会看见乡下同胞从运货马车爬下来攀谈,或者也许会看见另一个像我们那样的男生,他会倚靠在门柱上无言地凝望着呢。

一切都是在那儿开始的,大概是在圣诞节前的一星期。

第三章 "我以前很喜欢站在藤编店门口……"

下了一天倾盆大雨,向晚时分才小下来。我们厌烦得要命了。课间休息时没有人出去。父亲索莱尔先生不时会叫喊道:"好啦,好啦,孩子们——请安静点吧。"

过了最后的娱乐时间——我们称之为最后"一刻钟"——若有所思地在踱步的索莱尔先生便站住不动,拿尺子砰砰敲打桌子平息同学们一屋子忍无可忍的杂乱嘀咕,便在随后的安静中提出问题:

"明天你们哪一位和弗朗索瓦一起驾车去车站接夏邦蒂埃先生和夏邦蒂埃太太?"

他们是我的外公和外婆。外公夏邦蒂埃,那位退休的护林员,总是身披灰毛连帽长斗篷,头戴兔毛苏格兰帽,而他像军官那样把它叫作他的平顶帽……那些小男孩都认识他。早上行沐浴礼,他会从井里打一桶水,像从前的军人那样弄得水花四溅,将那撮胡子草草蘸一下。孩子们围成一圈,手放在背后,会张大嘴巴站着,好奇而恭敬……他们也都认识外婆夏邦蒂埃太太,那位戴针织软帽的娇小农妇,因为米莉规定每次年度造访期间至少要把她领进低年级班一次。

每一年,在圣诞节前不久,我们都驾车去迎接四点零二分到达的那趟火车。驮着成捆的栗子和餐巾里包着的圣诞食品,他们得要穿越整个郡县才能到达我们这里。他俩全身都裹得暖暖和和的,都笑眯眯的,都有点羞答答的,一旦跨进我们家门槛,那些门便将他们关进屋内,而一周的盛大喜庆就开始了……

让人帮忙驾车和我一起去车站倒是谨慎的想法,某个不会把我们翻进沟里且性情相当和善的可靠之人,因为外公夏邦蒂埃稍有招惹就会骂骂咧咧,而外婆则稍有些唠叨。

索莱尔先生话音刚落,至少有十条嗓子异口同声地喊道:"大莫纳!大莫纳!"

可索莱尔先生似乎并没有听见。

于是他们换一个试试:"福罗芒丹!"

还有其他人喊道:"亚士曼·德鲁什!"

卢瓦兄弟的那个小弟,骑着母猪奔过田野的那个,用尖声尖气的假嗓子叫道:"我!我!"

迪汤布莱和穆什伯夫,稍微胆怯些,只是举起手。

我本来是要选莫纳的;那就会把我们坐在驴车里的游览变成一桩盛事了。他也会喜欢去的,可他却保持不屑一顾的沉默。此刻所有年长的男孩都跟他一样,坐在长条桌上,脚踩着长凳,正如在消遣或欢庆时常常做的那样。戈凡把罩衫卷起来塞进腰带,抱住那根支撑教室横梁的铁柱子开始噌噌往上爬。

可索莱尔先生宣布的决定给大家浇了盆冷水:"那就这么定了吧。穆什伯夫,你去。"

大家便都悄悄回到自己座位上。

四点钟,我和莫纳站在雨后涓涓细流的冰冻院子里。我们将目光转向村子,那条闪亮的街道此刻在风暴袭击下变得干燥。小戈凡立刻从家里出来,风帽兜住脑袋,手上拿着块面包,贴着墙根朝那家车匠铺子匆匆跑去,在铺子门口停住脚步,吹口哨。莫纳推开门,大声叫唤他,而我们三个很快便都安顿在那间铁匠铺里,温暖而通红,尽管有凛洌的大风找到缝隙钻进屋来；戈凡和我坐在锻铁炉旁边，沾满泥浆的靴子埋在一堆白花花的锯屑里。莫纳双手插在口袋里，默默无言，倚靠在门柱上。从肉店来的某个家庭主妇偶尔会经过，顶风而行，而我们则会抬头看路过的人是谁。

没有人开口说话。蹄铁匠和他的伙计，一个敲打铁块，另一个拉风箱，将高高的影子投在墙上……我是把那个黄昏当作我青春期的重要时刻来记忆的。当时我怀着那种略带焦虑的幸福：怕我的伙伴会将我驾车去车站的那点卑微的快乐给剥夺了，却不敢对自己承认，我正指望他去做出某桩必定会把一切都搞乱的非凡壮举。

铁匠铺里四平八稳的工作节奏不时会被打破：铁匠的锤子落在铁砧上发出铿锵有力的音响。他把锻打的金属块夹起来，凑近皮围裙仔细检查一番，然后把目光转向我们，像是要歇口气似的，吆喝道："嗯，几位小先生，近来一切都好吗？"

他的伙计，一只手仍握着风箱的拉手，另一只手搭在臀部上，笑容可掬地看着我们。

那种激烈、喧闹的节奏接着便又会响起来。

米莉在类似的一个间歇里经过，围巾紧裹以防大风，胳膊上挂满小包的东西。

铁匠问道:"是不是夏邦蒂埃先生很快就要来了?"

"明天,和我外婆一起来。四点零二分的火车。我去接他们。"

"是用福罗芒丹家的马车吗?"

我赶紧纠正道:"不对。老马丁家的。"

"我懂了!这一下你得去上老半天喽!"他和伙计两个都"扑哧"一声笑了起来。

随后那个伙计接过话头,用慢条斯理的口吻发表意见道:"用福罗芒丹家那匹母马,你就可以一路走到维埃宗了……在那儿把他们捎上……他们要在那儿等上个把钟头……离这儿只有十五公里路……还没等老马丁将驴子套进车辕你就可以回来了!"

"是啊,"铁匠附和道,"那匹母马倒的的确确是能赶路的……"

"而且我敢说,福罗芒丹是不会介意把她借给人家的。"然后就不再说什么了。铁匠铺便又成了一个火花四溅、叮当作响的洞穴,每一个穴居人都在各自想着心事。

可到该离开的时候,我起身向莫纳示意,他却不予理会。他倚靠在门柱上,头往后仰,似乎在仔细琢磨刚才听见的那番话。见他这个样子，独自沉浸在思索中，仿佛是透过几里格①的浓雾凝望着这些恬静的工匠，我便突然记起一张鲁滨逊·克鲁索的画片，画中他被描绘成一个青年，在他出海远航之前，"站在藤编店门口……"

此后我便经常想起那幅画。

---

① 里格（League），一种长度名。它是陆地及海洋的古老的测量单位，等于3.18海里，相当于4.8公里。通常在航海时使用。

第四章　跑了

次日下午一点钟,高年级教室在冰冻景色的映衬下格外醒目,像大海里的一艘船。可那股浓烈的气味却并不是拖网渔船上的润滑油和盐水的气味,而是油煎鲱鱼和烤焦毛料的味道。鲱鱼在炉口煎过,布料的气味是从挤在炉边的男孩身上散发出来的,他们吃过午饭回到学校,紧挨着炉子取暖。

期末快要到了,作文本发了下来,而索莱尔先生在黑板上抄写他布置给我们的题目时,底下是那种不大可能有的寂静,是那种被轻声的交头接耳所扰乱,或是被强忍住的尖叫以及刚要试图喝退攻击的控诉声所刺破的寂静:

"先生!某某在……"

索莱尔先生抄写着题目,心里在想别的什么事情。每隔一会儿都要转过身来，用那种既暧昧又严厉的神色看着我们。那鬼鬼祟祟的冒泡减弱了，只是为了几秒钟之后沸腾起来，先是慢慢煮着，逐渐增长到沸点。

我独自静静处在这场骚动中。坐在分配给班里年幼成员的那排座位的末端，靠近那几扇高窗，我只消略略抬起头就能看到花园，看到与之接壤的那条小溪，以及远处的田野。

我不时踮起脚尖，朝贝里·艾托瓦农场眼巴巴地张望。午休过后莫纳就没有露过面，重新开始上课时照样不见他的影子。他的同桌准是和我一样察觉到他不在了，不过到现在为止他还没有发表意见，只顾埋头对付作文。一旦他从本子上抬起头看，消息就会立刻传遍屋子，有人毫无疑问就会发出警报：

"先生……莫纳……"

我知道莫纳离开了——或者确切地说，我很怀疑他是潜逃了。他肯定是一吃完午饭就跃过那堵矮墙，穿过田野，趟过旧板子路的小溪，朝贝里·艾托瓦跑去。他会借了那匹母马去接夏邦蒂埃夫妇。也许眼下他们甚至在给那匹母马套上挽具呢。

贝里·艾托瓦就在小溪那边的山坡上：那座掩映在

夏日的榆树、栎树和树篱中的大农场。面临那条一头通往火车站、另一头通往村子的车道。环绕着堆肥的壕沟里升起的扶壁所支撑的灰蒙蒙高墙，这座封建时代的遗址隐没在六月的青枝绿叶间，而夏日黄昏传到我们耳畔的生命迹象，唯有运货马车的辘辘声或牛倌的吆喝声。可今天从窗口，透过光秃秃的树干，我却望得见农家宅院的那堵围墙、那道门，再稍远一点，透过树篱的豁口可以望见一段霜冻的小路，它沿着小溪边缘通向那条车站公路。

到现在为止这一片明亮的冬景中还没有丝毫动静。到现在为止还没有出现变化。

索莱尔先生在写第二题的最后一个字。他通常是布置三道题目。要是这一次只布置两道题，那会怎么样呢？……如果是那样的话，他就会随时回到俯视教室的讲台前，发现莫纳不在座位上。他会派出两个男孩去村里搜查，而他们肯定会在母马备好之前找到他……

索莱尔先生还在黑板前，在舒展一下胳膊……而此刻我大大地松了一口气，他开始抄写一个新的段落：

"这个，"他发表意见道，"容易得很。"

两根短短的黑杆子从贝里·艾托瓦的围墙后面伸出来，而这只能是一辆看不见的马车的辕木。这就意味着为莫纳的启程所做的准备工作此刻在进行中。此刻有了那匹母马,她的脑袋和肩膀在门柱之间探出来。此刻她站立着——很可能是在将一条附加的长凳塞进单人马车后厢,是给莫纳按理应该接到的乘客坐的。那一整套人马终于缓缓驶离农家宅院,在树篱后面消失片刻,在那段我从树篱豁口里望得见的小路上以相同的缓慢步调继续行进。我从那个黑色人影手执缰绳,一只胳膊以农民的把式随意靠在车子一侧,认出那是我的伙伴奥古斯丁·莫纳。

一切又都隐没在树篱中了。而站在门口那两个人看着马车离去,此刻像是感到怀疑似的面面相觑,他们那种不安明显是在加剧。终于,其中一人用手卷成喇叭筒,冲莫纳大叫起来,跟着他走上车道,跑了几步……与此同时,那辆缓缓驶上主干道的马车此刻大概是从车道上望不见了,驭者的姿态便陡然起了变化。他站了起来,像古罗马驭手那样,一条腿用力向前伸。他用双手抖动缰绳,催促母马全速奔跑,眨眼之间他们便越过了小山的岩顶。车道上,追着莫纳大喊大叫的那个人突然又拔腿奔跑起来。另外那个人穿过田野朝我们这边飞也似的赶来。

几分钟后,正当索莱尔先生从黑板上掉转头去掸着手指上的粉笔灰时,教室后面的三条嗓子便大叫起来:"先

生！大莫纳跑了……"那个农夫赶到了门口,把门大大地推开。他穿着一件蓝布罩衫。他摘下帽子,站在门槛上问道:

"对不起,先生,是您给了那个大个子许可,问我借那辆单人马车……到维埃宗……去接您家亲戚的吗?……我们开始疑心……"

"当然不是了!"索莱尔先生打断道。

班里顿时哄堂大乱,最靠近出口的那三个男孩腾地向门口冲去。正是这几个人,他们有特权朝偶尔闯进园子啃啮花坛银叶植物的猪和山羊投掷石块。我们听见他们带平头钉的木屐橐橐敲打在校园的铺石板上,接着声音便要轻微些,吱吱嘎嘎踩在砾石上面,在穿过小院门转向公路时哧溜打滑。绝大多数男孩都在争抢窗边望得见园子的地方;其他人站在桌上,从他们头顶上方张望……

为时已晚。大莫纳跑得无影无踪了。

索莱尔先生对我说道:"不管怎样你还是得去车站,和穆什伯夫一起去。莫纳不认识去维埃宗的路,在岔道口他会拐错弯而接不到火车的。"

米莉从另一间教室的门里探出了脑袋。

"究竟出什么事了?"

外面街道上,人们三三两两聚成堆。那个农夫站在那儿,木然而执拗,帽子拿在手上,像某个乞求公道的人那样。

第五章　马车归来

我在车站接到了外公和外婆,晚饭后他们坐在壁炉前讲述上一次假期以来他们发生的所有事情时,我发现自己的注意力集中不起来。

庭院的那扇小门离餐室的门很近。开门时它总是发出吱嘎声。通常,我们那漫长的乡村夜晚开始时,我都在暗暗聆听那种刺耳的声响。随后便会有砾石或鞋擦上的木屐声,有时会有访客贸然进屋前压低的交头接耳声。接着便是敲门声。邻居,乡村女教师——某个过来打破冬天夜晚的单调乏味的人。

今夜,只有这一次,既然我爱的人此刻全都在屋子里,我就用不着外面的那些消遣,可我却密切注意着外面黑暗中的每一丝声息,等着那道门打开。

坐在那儿的老人家看上去像加斯科涅某个毛发蓬乱的牧羊人,双脚沉重地安放在身前,手杖插在两腿间,将烟斗磕在鞋底时肩膀弯下来。在外婆闲拉家常时,他那双和善而水汪汪的眼睛会转向她表示首肯,她说起他们的旅行,他们的邻居,他们的母鸡,或是拖欠田租的佃农……我坐在他们中间,却心不在焉。

我想象那辆会在大门口停住的单人马车越来越近了。莫纳会跳下车走进屋子像是什么都没有发生过似的……或者有可能他会先把那匹母马交还给贝里·艾托瓦;而我很快就会听见他走在公路上的脚步声和那扇门发出的吱嘎声了……

可我什么都没听到。

外公此刻呆呆地凝视着前方,睡意昏昏中眼皮变得越来越沉。外婆觉得有点不快了,不得不重复刚说过的话,某句没有引起重视的话:

"是那个男孩在让你担心吗?"她终于问道。

因为在车站我焦急地问过她。在维埃宗停留期间,她没见过和我描述的大莫纳有一点点相似之处的人。因此他一定是在路上耽搁了,他那种大胆的尝试失败了。回家路上外婆和穆什伯夫说话时我怀抱着失望。光滑的路面上麻雀纷纷避开那疾走的驴子的蹄子。午后冰封的寂静偶尔被牧羊女的远距离呼叫或某个乡村少年的喊声刺破，他招呼同伴穿越两片冷杉树林之间的空地。而每一次听到那种拉长的叫喊从荒芜的山坡上传来，我便浑身哆嗦起来，因为它几乎可能就是我的伙伴命令我去追随他的那种遥远的声音……

到上床睡觉时，这一切都还在我脑海里翻腾着。外公已经到红房间里就寝了——那其实是间会客室，去年冬天以来一直关闭着，所以仍旧潮湿而阴冷。为了让他随意使用这个套间，此前母亲把扶手椅上的花边头靠拿掉了，把地毯收了起来，还把较为易碎的装饰品放在了安全的地方。外公把手杖放下，把靴子塞进椅子底下，将蜡烛吹灭。我们余下的人闲站着，在动身去房间之前互道晚安，这时我们蓦然听见车轮子滚动的声音。

听起来像是两辆车子，一辆跟着另一辆慢吞吞地一路小跑。然后步子慢下来，便立刻停住了，恰好停在望得见公路却被封掉的那扇餐室窗子的下面。

父亲拿起油灯，朝已经锁上过夜的房门走去。他走到外面，把大门打开，站在台阶上把灯高高举过头顶，觑一个真切。

那儿果然是有两辆马车。拉着第二辆车的那匹马被拴在前面那辆车上。一个男人下了车站在那儿四下张望……

"这是镇公所吗?"他走近询问道,"我上哪儿能找到福罗芒丹先生,是个农场主——地址是贝里·艾托瓦?我发现他的马在一条车道上游荡,没有车夫——靠近那条去圣鲁德布阿的路。我拿提灯能够看清楚车牌上的名字。正好跟我是一路的,我就把它拖着,免得发生事故。尽管如此,这还是把我弄得太晚了。"

我们站在那里目瞪口呆。父亲走近一点,借着灯光仔细检查那辆单人马车。

"里头那个人不管是谁,反正是没有留下线索——连一块马毡子都没有。那匹母马是累了;她有点瘸了……"

我挤上前去凝视着这个迷了路回到我们身边的运输工具,像被潮水带来的一片残骸——从莫纳本人发动的历险中漂浮过来的第一块,就我所知也是最后一块残片。

"这位福罗芒丹的家离这里远吗?"陌生人问道,"要是远的话,我就把车子交给你们了。我已经耽误了太多时间——家里人要担心了。"

父亲表示同意。能把母马立刻还回去而用不着讲清楚是怎么一回事，那我们就更赞成了。过后我们就可以决定该怎么跟村里人说，给莫纳夫人的信上该怎么写……于是，那个陌生人谢绝了我们递给他的饮料，轻轻抽了一鞭便驾车离去了。

我们让父亲驾车去农场，便悄悄回到屋内。外公在那间卧室深处重新点亮蜡烛，嚷嚷道：

"怎么回事？那个流浪儿回来啦？"

两个女人交换了一个眼色。

"是啊，他是去看他母亲了。接着睡吧，没事的，不用担心。"

"这我就高兴了，跟我想的一样嘛。"

他放下心来，在床上翻一个身便呼呼睡着了。

我们正是这样给村里人解释的。至于那位逃亡者的母亲，我们决定还是等一等再给她写信。因此漫长的三天里我们将烦恼闷在心头。我仍可以看见父亲，将近十一点钟从农场回来，胡子让夜间的空气打湿了，和米莉一起商量着这件事，他那压低的声音却气急败坏地响亮……

第六章　轻轻叩击窗玻璃

第四天是这个冬天最冷的一天。大清早最先来到院子里的男孩为了保暖在绕着井栏滑行。教室里的炉子一点上火，他们就会朝它奔过去。

我们有些人就站在门道里留心那些住在边远地区的男孩。他们徒步走过严霜皑皑的田野，走得眼花缭乱，会进来报告池塘里厚厚的冰层和灌木丛里蹦出来的野兔。他们的罩衫满是牲口棚和干草仓的气味，一旦他们挤在红通通的炉子周围烤火，那股子刺鼻的味道就在教室的空气里弥漫开来。单单在那天早晨，他们有个人从篮子里拿出一只上学路上捡到的冻僵的松鼠。我记得他把那只硬邦邦的小动物举起来，设法把它的脚挂在操场屋顶下的柱子上……

随后冬天无精打采的早课就开始了……

窗玻璃上蓦然响起轻轻的叩击声让我们抬起头看。那儿，透过门上的玻璃，我们看见大莫纳在抖搂罩衫上的霜花。他的脑袋高高昂起，他的眼里透着狂喜的神色。

离门最近的两个男孩争先恐后地跑上去开门。接着在门口举行了某种秘密会议。最后那个旷课生决定迈进房间。

空荡荡的院子里那股冷气和大莫纳一起进到屋子里来，缕缕稻草紧贴在他衣服上，可他给人最重要的印象却像是那种旅行者，筋疲力尽、饥肠辘辘，但是中了魔法——这让我们产生一种快乐而好奇的古怪感觉，让我们兴奋了起来。

索莱尔先生从给我们念听写的平台上走下来，而莫纳以某种咄咄逼人的态度朝他走去。记得我在想，我的高个子伙伴那一刻显得多么飒爽，尽管十分疲惫，眼里布满血丝——而这，无疑是在野外过夜的结果。

他直奔讲台，用报信人胸有成竹的语气说道：

"先生，我回来了。"

"我知道了，"索莱尔先生说道，惊奇地打量着他，"回到你的位置上坐下吧。"

那个年轻人转身朝我们走来，肩膀微微耸起，以挨了罚的高年级学生那种嘲讽的神态微笑着。他抓住课桌边沿，把自己放落在长凳上。

"我会给你课本的，"索莱尔先生说道，教室里每一个脑袋仍转向莫纳这边，"其他同学接着听写时你可以学习一下。"

课堂又安静下来。大莫纳不时地朝我看一眼，或是看向窗外，透过窗户可以看见园子里白得像棉花一样，所有的生命都被抑制了，田野上荒凉得只有乌鸦偶尔飞落。教室里红红的炉子散发着叫人难受的热气。我那个同伴正在试图学习，双肘支在桌上，两手托住脑袋。我两次看见他的眼睛闭拢，我想他是睡着了。

终于他把手稍稍举起来说道："先生，我想去躺一下。我有三个晚上没睡过觉了……"

"你可以走了。"索莱尔先生说道，就因为太担心了才没有发作。

我们的脑袋抬起，笔停在半空中，遗憾地目送着他出去，他的靴子沾满斑斑泥浆，他那件罩衫的后背皱巴巴的……

多么漫长的早晨啊！快到中午时分，我们听见我们那位旅行者在上面的阁楼间里发出了动静，正准备下楼来。吃中饭时我在餐室的火炉前碰巧见到他，坐在外公外婆旁边，而两位老人家觉得有点儿拘谨。十二点的钟声刚敲响，窗帘上便上演了一出影子芭蕾，随着一高一矮的两个学童雀跃而过，纵身投入那白雪皑皑的院子。

我只记得，那顿饭没有人说过一句话，每个人都显得尴尬。每件东西上面都泛着一股子寒意：盘子底下的油布，玻璃杯里的葡萄酒，我们脚底下的红色瓷砖。我们决定不向那个逃亡者提问，免得激起他公然与大家作对。而他则利用这一份休战协议保持着沉默。

等到终于吃完那道甜食，我们两个便逃到庭院里去；正午时分的操场，白雪让结实的木屐踩成稀泥，屋檐上的冰凌融化成道道瀑布，一个满是游戏、尖叫和呼喊的地方。莫纳和我沿着教学楼的旁边奔跑。我们村里的两三个朋友见到我们，便停下游戏忙不迭地跑过来，高兴得大叫，手插在口袋里，围巾飘来荡去，木屐溅起了泥浆。可我的伙伴一个箭步冲进那间大教室，我紧随其后，将那扇玻璃门关上，正好将那群追过来的人堵在外面。这一下便闹得不可开交了，窗玻璃砰砰震响，木屐噼里啪啦，齐心协力地撞门，眼看门上的竖铁条快要被撞弯了——可莫纳冒着手指头在锯齿状圆口里被割断的危险，转动锁孔里的钥匙。

这类举动以前总是让我们懊恼不已。夏天像这样被关在门外的男孩子，他们会撒腿奔跑，绕进园子，有时便从窗子里爬进来，因为还来不及将窗子都统统关上。可眼下是十二月，窗户全都关牢了。外面，那些围攻的人撞了几下门，乱骂一通，便整理着围脖，一个接一个地匆匆离去了。

此刻散发着栗子和酸葡萄酒气味的教室里，两名班干部在移动课桌。我在炉边懒洋洋地打发着那段课前的午休时间。莫纳在搜查那些课桌，包括老师的桌子，终于找到他要找的东西：一本小地图册。他极为热切地研究起来，站在平台上，双肘支在桌上，两手托住脑袋。

我正要走到他那儿去；我会把手搭在他肩上，而我们很可能会把他走过的那条路线在地图上一起勾画出来，这时，与另一间教室连通的那道门突然被推开了，亚士曼·德鲁什走了进来，发出一声胜利的欢呼，跟在后面的是三个乡下男孩和一个村里的小伙子。另一间教室里有扇窗子一定是虚掩着的，他们便是从那儿爬进来的。

亚士曼·德鲁什尽管相当矮小，却是高年级班上年龄最大的学生之一。他装作是莫纳的朋友,却对他嫉妒得要命。在我们那位寄宿生还没有到来时,亚士曼是小霸王。他的长相很乏味,脸色灰暗,梳着油光水滑的头发。他是开客栈的一个寡妇的独生子,喜欢显示男子气概,向人炫耀从顾客那里听来的东西,翻来覆去都是那一套,什么一局弹子球啦,一杯味美思酒啦。

莫纳抬起头,怒视着那些推推搡搡朝炉子挤过去的捣乱分子,便叫喊道:

"你们怎么就不能让人安静五分钟呢?"

"你要是觉得不喜欢,"亚士曼说道,"那你就应该待在你原先待过的地方呀。"他的眼睛躲躲闪闪的,但有保镖在场让他壮了胆。

我想,奥古斯丁是疲劳得一腔怒火都来不及控制住了。他的脸色煞白了。

"你真让人受不了,"他说道,直起身子,把书本合上,"你给我出去!"

亚士曼冷笑道:

"噢?就因为在外头待了三天,你就以为现在可以在这儿说了算了!"

然后,把旁人扯了进来:

"光凭你是没法把咱们给弄出去的。"

可莫纳已经猛扑了过去。扭打之中袖子撕破,线脚裂开。跟亚士曼一起进来的男孩,只有马丁一个人插手。

"放开他。"他叫嚣道,鼻孔张开,像公牛那样晃着脑袋。

莫纳猛地一推,弄得他跟跟跄跄朝后退去,胳膊在空中划来划去。接着,莫纳用一只手抓住德鲁什的衣领,用另一只手把门打开,设法把他扔出去。可亚士曼拽住课桌不放,拖着脚,带平头钉的靴底在铺石板上刮来刮去。这时马丁站稳了脚跟,便小心翼翼地靠近,低着头,眼里冒着怒火。莫纳松开德鲁什,和这个粗胚打斗起来,当时要不是通往厨房那道门打开了,他可能会觉得自己处境不妙呢。索莱尔先生站在那儿,扭过头来看,一边仍在跟我们看不见的某个人说话……

战斗立刻停止。那些设法置身战事之外的人围着炉子羞答答地站着。莫纳的袖管在肩头豁开,他朝自己的课桌走过去。至于亚士曼,在戒尺敲响宣布继续上课之前的那一点点时间里都还听得见他的声音,当时他涨红了脸嚷嚷道:

"他越来越自高自大了……自以为聪明……好像我们

不知道他去过什么地方似的！"

"白痴！"莫纳在屋里又变得鸦雀无声时说道，"连我自己都不知道。"

他耸耸肩，便静下来学习功课了。

第七章　丝绸马甲

我们睡在顶楼的一间大屋子里,半是卧室,半是阁楼。安排给助理教员的其他几个房间都有正式的窗子,没有人知道为什么我们那间只有一个老虎窗。房门刮擦着地板,会关不严实。夜间我们上楼时,遮住蜡烛以防大房子里无处不在的穿堂风,我们会设法把门关上,而又不得不放弃努力。我们彻夜都可以感觉到溢满三间阁楼厢房的寂静,像鬼魂那样,蹑手蹑脚进入我们房间。

正是在这儿,在那个冬日将尽之时,我们总算是在一起了,奥古斯丁和我。

我几下就把衣服脱了,堆在床边的椅子上——我睡那张印花棉布帐子上饰有葡萄叶子图案的铁床。可我那位伙伴,寡言少语,动作不紧不慢。我从床上注视着他的一举一动。他会在他那张没有帐子的低矮行军床的边沿坐上一会儿，接着便起身在屋子里踱步，一边来回走着一边将衣物脱去。他在屋子里走个不停时，那支他搁在吉卜赛人制作的藤条小桌上的蜡烛，将那个不会停歇的巨大影子投射在墙上。

跟我不一样，他对那些男生穿的校服是很仔细的，叠起来把它们放好，带着那种凄凉的专注神情，心不在焉却有条不紊。我仍可以看见他把那条沉甸甸的皮带横放在椅子的座凳上，把那件皱巴巴脏兮兮的黑布罩衫折挂在椅背上，把穿在罩衫里的那件深蓝夹克衫脱下来，接着便转过身，弯腰将夹克衫铺放在床脚……可是当他直起身子又面对我时，我看见他穿的不是那件和我们校服搭配的黄铜扣子小马甲，而是一件奇怪的丝绸马甲，开口很宽，用一排细密的珍珠母纽扣系紧。

它古色古香的，很有魅力，像是十九世纪三十年代和我们祖母跳舞的年轻人可能会穿的那种玩意儿。

此刻我能看见那个身材高高的土里土气的男生，光着个脑袋——因为他把帽子仔细放在了别的衣服上面——他的面孔如此年轻，如此勇敢，却已经如此严峻。在他开始解开这件并不属于他的神秘衣物时，他又在踱步了。而他看上去怪怪的，只穿着衬衫和那条已经嫌短的裤子，靴子沾满泥浆，手指头抚弄着一件为侯爵大人定做的马甲。

丝绸的触觉将他从遐思中惊醒过来，他像是良心感到不安似的瞥了我一眼。这让我想要发笑。我笑的时候他便露出了微笑，脸上亮堂了起来。

这下我有勇气向他提问了。"快，请你告诉我，"我悄声说道，"这是什么东西？你是在哪里搞到它的？"

他的笑容像一支熄灭的蜡烛那样消失了。他用厚实的大手在平头上面摸了一两下，然后像是再也抑制不住那种渴望似的，捡起夹克衫穿上，把它扣在那件精美的马甲外面，匆匆套上皱巴巴的罩衫——接着便犹豫起来，乜斜我一眼……终于在他的床上坐下来，扒掉靴子，让它们重重掉落在地板上，像前哨站值勤的士兵那样穿戴整齐以防紧急情况，他摊开手脚躺在那张行军床上，便吹灭了灯。

半夜里我惊醒过来。莫纳戴着帽子站着，摸索着挂在钩子上的什么东西：是一件短斗篷，他将它披在了肩上……房间里黑幽幽的，连雪地上偶尔反射的微弱光亮也没有。那黑暗而刺骨的风掠过死寂的园子，一阵一阵刮打在屋顶上。

我用胳膊肘支起身子，悄声说道：

"莫纳！你又要走了吗？"

他没有回答。接着一种疯狂的感觉攫住了我，我便说道：

"那好吧！我也去，你得带上我一起去。"我便从床上跳了下来。

他走过来，抓住胳膊让我又坐下。

"不行，弗朗索瓦，我没法带你一起去。要是我认得那条路，我是会让你去的。但首先我得在地图上找到它。到目前为止，我还没能找到。"

"那样的话，连你自己都回不去的！"

"确实如此，"他神情沮丧地说道，"完全是不得要领……好了，快回去睡觉吧。我向你保证，不带上你我是不会离开的。"

他又开始在屋里来回踱步。我不敢再说什么。他会停住脚步，接着便又开始走起来，走得更快了，像那种在记忆中东翻西找的人，整理碎片，将它们互相拼合，斟酌，比较，突然瞥见线索，还没抓住就丢失了，不得不从头来过……

那可不是仅有的夜晚，一点钟左右被脚步声弄醒，我看见他在卧室和阁楼厢房里踱步——像那些永远无法摆脱守望习惯的水手,在布列塔尼某家静修所的中心,每到规定时间便起床更衣,去视察陆地的地平线。

在一月以及二月上旬期间,有两到三次我这样从睡梦中惊醒过来。大莫纳站在那里,衣服全都穿在身上,大斗篷披在肩头,准备出发。可每一次快要进入他曾经迷失其中的那片神秘领地时,他便逡巡不前了。正待将楼梯口那道门的门闩抬起,然后通过厨房的门离开,而那道门他轻易就可打开而不会让人听见的,他就又退缩了……于是在夜晚那些漫长的时刻里,他便在空荡荡的房间地板上踱步,沉思徘徊,心急如焚。

终于有个晚上——大约是二月中旬——是他本人把我叫醒的,他的手轻轻按我的肩膀。

那一天整个过得乱哄哄的。莫纳对从前的亲密伙伴玩的游戏全都失去了兴趣,最后那段娱乐时间是坐在课桌前度过的,全神贯注地读一本郡县的小地图册,是歇尔县地图,在计算着距离,手指在页面上追踪一条路线,同时在一张纸上迅速勾画出某段神秘的行程。周围是木屐的咔嗒声;男孩子不停地冲进冲出,跃过长凳,在课桌间你追我逃……他们知道在莫纳设法集中注意力时去推撞他是不妙的，可在休息时间快结束时有两三个村里的小子，像是要挑逗一下似的，踮着脚悄悄过去，越过他的肩膀往下看。接着其中一人斗胆推了别人一把，将他们推倒在莫纳身上。他啪地合上地图册，遮住笔记本，伸手去抓离他最近的那个捣乱分子，而其他人逃了开去。

那人正巧是吉洛达特，是个刺头，而他立刻拉长声音尖叫起来，开始踢人，但是旋即从教室里被撵了出去，尽管他还来得及火冒三丈地大喊大叫：

"你这个大坏蛋！难怪他们都要反对你，难怪他们要和你打……"

……一连串的辱骂我们都回敬了，其实也没弄懂他是在骂什么。我是叫得最响的一个，因为我站在莫纳一边了。眼下我们之间有了某种契约，他答应要带我跟他一起走的，事实上他从未说过我不够"胆量"，像别人总是在说的那样，这些把我和他终身结合在一起了。而我一直都在思考他那个神秘的探险活动，我的结论是他遇见了某一个姑娘。她肯定是比任何一个本地姑娘都要美丽得多，比让娜漂亮，我们过去常常在修女嬷嬷的园子里透过大门钥匙孔看她；或是比面包师的女儿玛德莱娜漂亮，她的皮肤粉红，头发金黄；或是比大城堡里的冉妮漂亮，她长得很美,但是个疯子,从来都不许出门。他在夜间回想,像小说里的主人公那样,毫无疑问是在回想着一个姑娘。而我打定主意要向他打听她的情况,在他下一次把我叫醒时,鼓起勇气……

刚刚吵过这一架的黄昏,放学后,我们两个在园子里收拾工具,白天用过的那些锄头和铁锹,这时我们听到大路上传来战斗的呐喊。那是一帮吵吵嚷嚷的小无赖,分成四列迈着整齐的步伐,像一支训练有素的中队,领头的有德鲁什、达尼尔、吉洛达特,而第四个人我们不认识。他们见到我们便一齐大声起哄。因此整个村子都在和我们作对了,而他们玩起某个打仗的游戏,我们被排除在外。

莫纳平心静气地走到遮顶下面,把扛在肩上的铲子和锄头归置好……

可半夜里我感觉到他的手在按我胳膊,便惊醒过来。

"起床,"他悄声说道,"我们要走了。"

"你现在知道路了吗?"

"知道不少了……余下的,"他咬紧牙关说道,"我们得顺路去把它找出来。"

我在床上坐了起来。"你看,莫纳,听我说。对我们来说只有一个办法，那就是在大白天去，用上你的地图，直到把那段仍然不知道的路线弄清楚为止。"

"没错，可是那段路远得很呢。"

"好吧，夏天日头一旦变长，我们就套了车去那里。"

接下来的长时间沉默只能表示他是同意了。

我终于说道："咱们俩要一起去寻找你爱上的那个姑娘了，莫纳，你至少得让我知道她是谁。跟我讲讲她吧。"

他在我的床脚坐下来。黑暗中我只能辨认出他低垂的脑袋，他合抱的双臂，他的膝盖。随后他便深深地吸一口气，像那种心里盛得太满再也不能保守秘密的人……

第八章 历险

可那个晚上我的伙伴并没有将路上发生的事情全都讲给我听。即便是在他确实打定主意要让我全盘参与他的机密之时,在我将要回想起的那些伤心日子里,它仍然是我们青春期为时甚久的重大秘密。可既然一切都结束了,既然一切都烟消云散,唯有这几多的恶、这几多的善所余留的尘埃,那就没有理由不该来讲一讲这个奇怪的故事。

在那个严寒的下午的一点半钟,莫纳动身去往维埃宗,以良好的速度往前行驶,知道留给他的时间并不太多。起初,他能喜滋滋地想到的只是那个给我们准备的惊喜,四点时分和我外公外婆一起回家。因为这自然是他那个时候唯一的目标了。

然后，随着寒冷把他冻得发僵，便用那块他谢绝而贝里·艾托瓦的汉子坚持要他拿上的毡子将腿裹了起来。

两点时分他很快过了拉穆特村。他还从未在上课时间经过一个村庄呢，而它仅有的街道上那种困倦而空寂的景象让他觉得怪有趣的。不时有窗帘拉动，女人的脑袋闪现一下，但仅此而已。

他穿过村庄，把校舍抛在了后面，这时有两条岔路可以选择。他犹豫不决。模模糊糊地知道去维埃宗应当是往左走——但没有人可以问路。于是他便顺着一条通道策马稳步前进，而结果那是一条表面坑坑洼洼的窄路。他暂时沿着一座冷杉树林的边缘行驶，终于遇见一个赶大车的，他冲着那个人大声询问。可那匹母马不听使唤，仍旧一路小跑，赶大车的人可能是没有弄懂他的问题。不管怎么说，他还是用了一个同样是含含糊糊的手势作了一个含含糊糊的答复，而莫纳决定就在这条路上碰一下运气。

一片没有界标的冰冻大平原随后再度将他环绕：除了偶尔惊起的喜鹊拍着翅膀飞开去栖落在榆树墩上，便不见任何活物。那位旅行者用厚实的毡子像斗篷那样将他自己裹起来，此刻伸开双腿，倚靠在车厢一侧，陷入那种一定是持续了一段时间的睡眠……

……纵使毡子也挡不住彻骨的寒意，他终于清醒过来，这时景象为之一变。放眼望去不再是遥远的地平线没入苍茫无际的天空，但见一畦畦的农田，仍是绿油油的，在高高的围栏后面。道路两侧是沟渠，渠水在冰层底下流动。一切都在显示附近有一条河。而夹在树篱中间的路不过是一条崎岖不平的羊肠小道。

那匹母马不再颠簸而行，已经有段距离了。莫纳用鞭子抽打，可怎么都没法让她走得比慢行更快些。于是他便向前倾，手按在遮泥板上，俯身发现她瘸了腿——她的一条后腿出了点问题。他停下来，有些惊慌地下了车，暗自嘀咕道：

"我们永远也不会及时赶上维埃宗的那班火车了。"

他几乎不敢承认那个最叫人惊慌的念头：他恐怕是迷路了，他走的恐怕不是通往目的地的那条路。

他做了仔细检查，却未发现有受伤的迹象。每一次只要碰到她的蹄子她就退缩，会将蹄子抬起，接着便用厚实笨重的脚掌搔地。现在弄明白了，她是嵌进了一块砾石。莫纳惯于应付牲口，他坐在他的脚后跟上，设法用右手抓住那只蹄子把它夹在膝盖中间，可那辆车子碍事。母马两次避开他，往前再走了几码。车厢踏板撞在他脑袋一侧，车轮子撞在了膝盖上，痛得尤其厉害。可他熬着，总算是哄住了那头胆怯的牲畜。可那块石头嵌得太深，他只好用刀子将它剔出来。

终于能够直起腰来时，有些头昏眼花了，他大惊失色地发现夜幕已经降临了……

除了莫纳，任何人都会打道回府了。只有这么做才会有望避免进一步误入歧途。可他却考虑到他离拉穆特村肯定已经有一长段距离了。他睡着时那匹母马完全有可能是拐入了一条横路。这条小路不管怎样退早都会通向一个村子……除了以上这些理由，再就是这个刚愎自用的年轻人，当他爬回到座位上而那匹急躁的马儿开始拽动缰绳时，他确实感觉到体内高涨的一股疯狂的欲望，纵使障碍重重也要去做成某件事情、要去到某个地方。

他把鞭子甩得啪啪响，那匹母马往后避退，接着便突然轻快地小跑起来。天色骤然变暗了。眼下马车在布满辙迹的小路上勉强从树篱中间通过。不时会有枯枝夹进车轮辐条，啪的一声折断……当夜幕笼罩时，莫纳突然揪心地想到圣阿戈特的餐室，那一刻我们肯定是都聚拢在桌子边上了。于是他便感到遏制不住的愤怒，随后倏忽产生一种暗自庆幸的感觉，因为想起来就不由得感到莫名的欣喜，一想到挣脱了束缚却丝毫用不着打算……

第九章　停

那匹母马毫无预兆地放慢了步子,像是撞见了什么意外之物似的。黑暗中莫纳只能看到她脖子弯下去,脑袋又耸然昂起;接着便站住,低头像是在抽鼻子似的。他听到一片汩汩的流水声,看见小路被一条小溪切断。夏天无疑是能够涉水过去的,眼下水流如此湍急,连冰都结不起来;试着横渡过去是危险的。

他勒住缰绳,后退了一段距离,接着便站起身来,茫然不知所措。正是在那个时候他透过枝杈望见一丝微弱的灯光。它并不是很远;就在两三块草场以外那个地方……

他下车攥住缰绳,让母马再往后退一点。她的脑袋胆怯不安地在空中耸动时,他便安慰道:

"好啦,好啦,老姑娘!我们快要到了。一会儿就知道我们是在什么地方了。"

他看到树篱上的一条缝隙,是一扇半开的门。他牵着马儿进入了一小片草场,他的脚淹没在茂盛的青草中,车子在背后一路颠来晃去。头抵着牲畜的脸颊,可以感觉到她的温暖和一起一伏的呼吸……他将她带到小围场边缘,把毡子披在她身上,然后扒开树篱上缠绕的树枝,便再一次确定灯光的位置。它是来自一座孤零零浮现出来的房子。

可仍有三块草场要穿越,还有一条险诈的小溪流,让他不得不要趟过去……最后,从一处堤坝上跳下来,他发现自己落在一座农舍的院子里。某处有一头猪在打呼噜,冻土上的脚步声让一条狗猖猖狂吠起来。

门上的窗户板打开着,莫纳能够看到那束引导他的灯光是来自一堆柴火,因为屋里并没有亮着其他灯火。一个妇女站起身走到门边,丝毫不见害怕的样子。一座吊着悬锤的大钟敲响了七点半。

"对不起,"他说道,"我怕是踩了您家的菊花了。"

她在那儿站了片刻,注视着他,手里拿着一只盆子。

"外头那个地方很黑的,"她表示赞同,"看不清脚下的路。"

他跨过门槛站立片刻,环顾这间屋子:墙上像小客栈墙壁那样张贴着画报上剪下来的图片,桌上他留意到一顶男人的帽子。

"您丈夫不在家?"他问道,坐了下来。

"他一会儿就回来。"为了让他放心,她便补充道,"他刚去外头取些木柴。"

"我倒也没什么特别的事要找他,"莫纳说道,把椅子朝壁炉拉近些,"只是我们一帮人出来找野味。不知道您能不能给我们弄点儿面包。"

因为大莫纳十分清楚,在乡下同胞那里,特别是在一个孤零零的农场里,为人行事得步步小心为妙,尤其是不能给人那种印象,你是个过路的陌生人。

"面包!"她惊呼道,"我们恐怕是拿不出多少来给你们的。面包师傅每个星期二上门来,可今天不知什么缘故他却没有露面。"

奥古斯丁,他一直希望附近会有一个村庄的,感到惊慌起来。

"是从哪里来的面包师傅啊?"

"噢,就是从旧南赛来的面包师傅呀。"她答道,好像这是用不着说的。

"那照您估计这儿离旧南赛有多远呢？"他询问道，设法掩饰心中的焦虑。

"走大路我可说不准。可穿过野地走是三里格半的路程。"

她便跟他讲起她的女儿来，她在那儿做帮工，每个月的头一个星期天都要走路回来看望她。雇用她的人是……

莫纳眼下一片茫然，便打断话头说道：

"您是说除了旧南赛就没有什么地方靠近您这儿了！"

"哦，当然还有朗德了。只有五公里路。可那儿没有商店和面包铺——只有一年一度的小集市，在圣马丁节那天。"

莫纳从未听说过朗德。他大大偏离了路线，让他觉得简直是滑稽可笑。可在洗涤槽边忙着刷盆子的妇人，轮到她来刨根问底了，此刻她正眼看着他，颇为审慎地说道：

"那么您大概不是这一带的人……"

这时一个老人家抱着满满一捆木柴进来，把柴火扔在铺石板上。妇人大声向他解释年轻人想要的东西，好像他是个聋子似的。

"唔，"他脱口说道，"这个应该容易的……不过您得把椅子拉近些，先生。您这样是烤不到火的。"

几分钟后他们两个都靠近铁架子坐着：老人家把柴火折断丢进熊熊燃烧的火堆，莫纳得到了面包和一碗牛奶。经过这么多焦虑，在他古怪的历险结束——他以为如此——之时，怡然发现自己置身于这座简陋的农舍，那位漫游者便已经在计划有朝一日和朋友们一起回来重访这些好心人了。殊不知这只是稍停片刻而已，他的漫游很快就会重新开始的。

他立即请求把他送到去拉穆特村的路上。而他稍稍变得诚实了些，说他和他的小马车跟其他猎手分开了，事实上他完全是迷路了。

两位主人因此便执意要他留下来过夜，等到早晨再折回家去，而莫纳最终只好接受那番好意，便起身去将那匹母马关到马厩里去。

"留心那条行人道上的窟窿。"老人家提醒道。

莫纳不敢承认，他并非从那条"行人道"上过来的。他想到要请那位和善的老人家陪他去。他在门槛上站了片刻，犹豫不定。做出决定的那种艰难几乎让他晕眩。于是他便步入外头漆黑的院子里。

第十章 羊栏

为了确认方位，他爬上了那座小斜坡，刚才就是从那儿跳到院子里去的。

还是跟此前一样缓慢而吃力，沿着杂草丛生的堤坝，穿过磕磕绊绊的柳树丛，走回到他丢下小马车的那个小围场的角落。可马车却不在了……他站立不动，太阳穴突突直跳，竭力辨认夜晚的各种声响，期望随时能听到近旁有挽具微弱的叮当声。但是没有声音……他仔细搜查草场，来到那扇门边上。它部分敞开却半卧在地上，像是车轮子把它撞倒了似的。那匹母马显然是从那儿自行离开了。

在小路上走出来几步，一脚绊在毡子上，而它一定是从母马的背上滑落下来的。这至少暗示了她所走的方向。他跑了起来。

除了要去赶上那辆马车的疯狂决心别无其他念头,他的心咚咚直跳,被惊慌和恐惧的冲动所驱使,他向前跑个不停……间或绊倒在车辙上。黑咕隆咚看不见拐弯处,加上累得刹不住脚步,他便一头扎进树篱,摔倒在荆棘丛中,将他伸出去护住面孔的手划破。偶尔,他会收住脚步,听一听,又接着跑起来。某一刻他认为是听见一辆车子的声音,可那只是一辆粪车在左边很远的路上颠簸着……

让车轮撞伤的那只膝盖现在痛得不行了,他只好放弃追赶。他的腿变得僵硬了。他告诉自己,除非那匹母马是狂奔而去,否则这会儿就该赶上她了。再说,马车是永远不会消失的,迟早有人会找到它的。于是他便转身走起回头路来,疲惫不堪,怒火中烧,还一瘸一拐的。

终于他似乎回到了刚离开的那一带地方,没隔多久便瞥见他在寻找的灯光。一条低洼的行人道在树篱豁口中显露出来。

"这肯定是老人家说的那条行人道了。"奥古斯丁心想。

他拐了进去,为不再有树篱和堤岸要翻越而高兴。没走几步路,那条行人道就开始偏向左边,而灯光似乎突然朝相反方向转了过去。走到两条小径的交会处,急于回到那座简陋的避难所去,他便不假思索地踏上那条似乎直接通向它的小径。可几乎还没走上十来步,灯光便消失了,要么是由于它让篱笆遮挡住了,要么是由于等候他的老人家等得不耐烦,将窗户板关上了。他直穿田野,朝最后见到过灯光的地方走去,试一试运气。接着,翻过又一道篱栅后,他便发现自己仍是走在另一条行人道上……

就这样,渐渐地,小径变成了迷宫,而那条把他和他离开了的人连结起来的线索断掉了。

沮丧、疲乏,绝望中决心沿着这条路走到底。走了大概二三十码,便出现在一大片灰白的草场上,可以认出准是刺柏树丛的间隔宽大的浓密阴影,还有那边一处洼地上的某个建筑。他拖着沉重的步子朝它走去。它似乎是一座关牲口的大围栏,或许是一座废弃的羊栏。棚子的门扭曲,打开时吱嘎作响。一阵风儿卷走了云彩,月光便透过墙上的罅隙照射进来。这个地方弥漫着一股发霉的气味。

没什么可指望的了,莫纳便在潮湿的稻草上躺下来,支起臂肘,用手托住脑袋。最后解下皮带,收起膝盖,尽量将身子蜷缩在罩衫里头。他不无留恋地想起那条被他丢在路边的毡子,而现在他是那样生自己的气,那样的可怜巴巴,弄得他都快要哭出来了……

于是他便强迫自己去想令人愉快些的事。令他毛骨悚然的是，他回想起儿时的一个梦，确切地说是儿时的一个幻觉，他从未向人透露过呢。一天早晨，他并不是在那间挂着外套和裤子的卧室里，而是在一间窗帘有着树叶颜色的长长的绿色公寓里醒过来。房间里沐浴着的灯光是如此香甜，他觉得人们应该能够尝到那种味道的。最近的那扇窗户边上坐着一个做针线的姑娘；他只能看见她的背影。她似乎在等他醒过来……他太无力了，都无法从床上滑下来，去探察这座令人心醉神迷的寓所，便又沉入了睡眠……可下一回，他发誓他会起床的。或许就在次日早上……

第十一章　神秘的领地

天刚破晓他便又动身了。可那只膝盖肿了起来让他感到疼痛。事实上疼得非常厉害，他只好每隔几分钟便停下来休息一下。整个索洛涅都将难以找到比他眼下所处的更荒凉的地方了。整个上午他只见到不远处一个牧羊女在驱赶羊群。他大声呼叫，试图奔跑。可她没有听见他的叫喊声便消失不见了。

他一瘸一拐地朝她远去的方向继续赶路，可进度之慢叫人沮丧……没有一座屋顶，没有一个活人。沼泽地的芦苇荡里连一只麻鹬的啼鸣也听不到。遍布这荒地的是十二月的太阳辐射的稀薄而寒冷的光芒。

当他终于见到一大片冷杉树林上方的塔楼尖顶时，一定是接近下午三点了。

"是个被人遗弃的旧庄园，"他猜想道，"是个空无一人的鸽子屋……"

可他怏怏地只顾自己赶路。在林子的一角，他遇见两根白色的柱子，标志着林荫大道的入口处。他拐了进去，没走多远便惊讶得停住了脚步，站在那个地方，心里激起一种无以名状的情感。然后仍旧拖着步子往前走。他的嘴唇被风吹得皲裂，而那股风有时几乎让他神往。可眼下支撑他的是那种奇特的安适之感，几乎是令人沉醉的宁静；支撑他的是目标在望，是除了幸福别无期待的那种确信。这让他想起昔日仲夏游园会前夕，他会快乐得几乎晕眩，那时他们会在外头村里的街道上搭起一棵棵冷杉，他卧室的窗口让树枝遮挡住了。

随后他便嘲笑自己的那种满怀喜悦的憧憬之情，对"那座满是猫头鹰和穿堂风的摇摇欲坠的鸽子屋……"

他愤愤然收住脚步，有点儿想要掉转头继续赶路直到碰上一个村子为止。当他站着设法拿定主意，眼睛紧盯着地面时，他留意到林荫道上扫成了一个个匀称的大圆圈，像是家乡非常特殊的时节里看到的那样。这像是圣母升天节早晨的费尔特大街……而他无论如何是不会觉得更惊讶的，如果他碰见一群假日喧闹的游客搅起飞扬的尘埃恰似在六月……

"可是吗，"他思忖道，"到处在搞一个游园会——在这荒郊野地！"

接近林荫道第一个弯头他听到有人说话的声音。他赶紧走到路旁，挤进浓密的小树丛，猫腰隐蔽起来，屏住呼吸。那些声音听上去很年轻——眼下经过的确实是一群小孩子，离他非常近。他们说的话他不是都能够听明白，可其中一个人——听起来像是一个小女孩——却用了那样一种郑重而确信的口气说话，让莫纳忍不住暗自发笑……

"让我心烦的只有一件事，"她说道，"那就是马儿的问题。拿达尼尔来说，我们根本就阻止不了他去骑那匹黄色大马驹……"

一个小男孩的嘲弄的声音插进来："你们当然是阻止不了我的咯。他们不是给我们全权委任了嘛！只要是我们想要的话，哪怕是摔断脖子……"

声音渐渐微弱时另一群人正好走过来。

"明天早上，"一个小女孩说道，"要是破冰了，我们就去搞一次乘船旅行。"

"可他们会让我们去搞吗？"另一个说道。

"你很清楚，我们是照我们自己的意愿安排聚会的。"

"没错,可如果今天晚上弗朗茨和他未婚妻到来的话……"

"他会的!不管我们说什么他都会答应的。"

"这么说是在举办一个婚礼了,"奥古斯丁得出结论,"可这个地方是由小孩子来管理的吗?……多么稀奇古怪的领地呀!"

他忍不住想从藏身之处出来,打听什么地方可以弄到点吃喝的东西。他直起身子,看见第二群小孩子正在离去:三个小女孩,身穿整齐的及膝围裙。她们戴着系有缎带的漂亮帽子,后面弯垂着一根白色羽毛。其中一个稍稍侧转身子倾听伙伴说话,而后者开始做出复杂的解释,用手指在空中比画着要点。

"我只会吓着她们的。"莫纳想道,忧愁地打量一眼他那件撕破的罩衫和那条作为圣·阿戈特的男生制服组成部分的粗鲁的皮带。

为避免遇见那些林荫道上返回的小孩子,他抄近路穿过"鸽子屋"那边的树林子,不太吃得准自己去那个地方要干什么。他来到林子边缘,发现它紧贴着一堵苔藓覆盖的矮墙。墙的那一头,围墙和几座外屋之间,有一个塞满了马车的狭长庭院——像是当地集市日的小客栈的院落。

他看见各种型号和外形的马车，它们的辕木悬在空中：供四人乘坐的时髦小马车；摆着十字长凳的四轮游览马车；侧面和栏杆带有装饰的老式大马车；古色古香的四轮带篷马车，上面的窗子是打开着的。

小心地躲在树林后面，不让人看见，莫纳端详着这个杂乱无章的场景，留意到庭院远端一座附属建筑的墙上有一扇半开的窗子，正好是在一辆四轮游览马车驾驶座的上方。两根铁栏杆，像是从马房的永久关闭的百叶窗里望见的那种，肯定一度是用来封住这个豁口，可时间一久便松动了。

"我就从那儿进去，"他打定了主意，"在干草堆里睡一觉，一大早就离开，不吓着任何一个漂亮的小姑娘。"

他拖着受伤的膝盖费力地翻过围墙，从一辆马车跑向另一辆马车，从游览马车的长凳爬到四轮马车的篷顶，到了与那扇窗户等高处，便推了它一下。它无声地打开了。

他发现自己不是在一座干草仓里，而是在一个天花板低垂的很大的套间里，显然是一间卧室。冬日薄暮的光线中，可以看见桌子上、壁炉架上堆放着高高的花瓶、各种款式的贵重物品和旧武器，连那些扶手椅上也被塞满了。房间一头被帷幔遮断，而那里面很可能是藏着一间密室。

莫纳关上了窗子，部分是由于天冷的缘故，部分是由于害怕让人从外面看见。他穿过房间将帷幔拉开，发现一张低矮的大床，堆放着烫金封皮的旧书、断了弦的诗琴、分枝烛台——都是乱七八糟地扔下的。他把东西统统推进凹室的角落，便躺下来休息，把他投身其中的这趟奇怪的历险理出个头绪来。

深沉的寂静笼罩着这片领地，只有十二月的风那低沉的呜咽声时时可以听到。

在这儿放松地躺着，莫纳觉得诧异起来，尽管是有那些古怪的遭遇，尽管是有林荫道上小孩子的声音和群集的马车，可他仍旧弄不清到底是不是在某座旧谷仓里，那种遗落在冬日荒原上的旧谷仓。

可没过多久他却以为那风儿赶上了几段飘逝的乐曲，正将乐声送到他耳边。它勾起迷人而忧伤的记忆。回想起那些日子，他母亲还年轻，向晚时分坐着弹钢琴，而他坐在对着花园的那扇门后面，聆听到天黑，一言不发……

果真是有人在这儿弹钢琴——眼下？……

他心里的问题仍然没有答案，因为他疲倦万分，很快就睡着了。

第十二章　威灵顿的房间

醒来是夜里了。他冻僵的身子在床上翻过来又翻过去，把罩衫揉得皱巴巴的。微弱的灯光透过凹室的帷幔照进来。

他在床上坐起身，从帷幔缝隙里小心谨慎地探出脑袋。那扇窗子被打开了，两盏中国绿灯笼悬挂在斜面窗洞里。

还未来得及领会这一幕，他便察觉到楼梯平台上传来的脚步声以及压低嗓门的交谈声。他退回到凹室，带平头钉的靴子踢在一件青铜饰品上，是他推倒在墙边的那些青铜物件。一时间他颤抖着屏住呼吸。脚步越来越近，两个影子悄悄移入房间。

"别作声。"一个说道。

"话是这么讲,"另一个说道,"可他也该醒了呀。"

"你给他房间备货了吗?"

"当然了——正和别的房间一样。"

一扇窗户板在风中砰砰作响。

"你连关上窗都不知道,眼下风把一只灯笼吹灭了,你得重新把它给点上。"

"怎么了?"他的伙伴争辩道,显得怠惰和颓丧起来,"这里亮起灯有什么必要呢?不过是乡野之地——也许你会说是沙漠罢了。谁会看见呢?"

"谁会看见?什么话,天黑之后他们有些人还在往这儿赶路呢。外头的那条路上,他们从马车里望见灯光会喜出望外的。"

莫纳听见有人划火柴。刚才说话的看来是领导的那个人用慢条斯理的语气——莎士比亚笔下那个掘墓人的语气接着说道:

"我见你在威灵顿的房间挂了绿灯笼。为什么不是红灯笼呢?有什么特别的讲究吗?……这一点你和我一样是不了解的。"

停了一下,便接着说道:

"这个威灵顿——是个美国人,对吧?这么说,绿色是美国人的颜色了咯？你应该知道的。你是个演员吗。你跑过码头。"

"跑过码头！"那个"演员"惊叫道，"是呀，没错，我是跑过码头。可我没见过多少东西。你坐在大篷车里是见不到多少东西的。"

莫纳透过帷幔的缝隙偷偷张望。

两个人当中的领导是个大块头，光着个脑袋，包在一件巨大的外套里。他跷着二郎腿坐着，手里拿着一根长长的杆子，上头吊着一串五颜六色的灯笼，神色悠然地注视着伙伴干活。

至于那个演员，比他更缺少吸引力的人恐怕是找不到了。高高的，瘦瘦的，哆哆嗦嗦的，一双黯淡无神的诡秘的眼睛，嘴里缺了几颗牙，一撇耷拉着的胡须——他长着一副溺水者摊开手脚躺在木板上的模样。他只穿着件衬衫，牙齿咯咯打战。从他声音和姿态中可以感觉到，他对自己的看法不会比别人对他的看法更好一些的。

他站着思索片刻，脸上浮现出不动声色的幽默，接着便朝伙伴走过去，张开双臂，像是要剖腹掏心似的说道：

"如果你想听听我的看法的话……我弄不懂干吗要把咱们这些人渣召集起来开这种游园会！这说不通的吗，

伙计……"

大块头对这一番谦卑的发作无动于衷，仍旧跷着二郎腿，看着对方把差使办完，打个哈欠，神色淡然地抽了下鼻子，接着便把杆子往肩上一搁，起身走开去，边走边说道：

"快走吧。到晚餐更衣时间了。"

那个演员尾随而去，但在凹室的帷幔前停了一下，郑重其事地鞠了一躬，用那种温和的揶揄语气说了起来：

"瞌睡虫先生，请允许我提醒您该起床了，然后像侯爵那样打扮得漂漂亮亮的，即便您和我一样只是个叫花子。然后您就下楼来参加化装舞会，因为这是那些小女士和小绅士的赏心乐事哦。"

他用杂耍贩子的腔调补充道：

"咱们的伙伴马鲁瓦约，装作是在厨房帮工，将以花衣小丑的角色出场亮相。至于那个不朽的皮埃罗[①]吗，则将由您谦卑的仆人来扮演。"

最后鞠了一躬，便离去了。

[①] 皮埃罗（Pierrot），意大利喜剧中的一个小丑，穿着皱皱的衬衣、圆圆的荷花领子和宽大的裤子，脸色苍白忧伤，脸上永远挂着一滴泪，但还要尽量微笑。

第十三章　奇怪的游园会

他们刚一走,莫纳就从藏身之处出来了。两脚冻得发木,四肢发僵,可他得到了休息,膝盖也不痛了。

下楼去用晚餐——没有什么比这更让他中意的了。"我只是那种没人记得起名字的客人罢了。再说,我真的算不上是一名不速之客:马鲁瓦约先生和他的朋友明明是在盼着我……"

经过凹室里的一团漆黑,现在借着绿灯笼的光线能够看得相当清楚了。那个江湖艺人果真是给他房间"备货"了。几件斗篷挂在墙壁钩子上。在一张铺着碎裂大理石台板的笨重梳妆台上,他看见一些钞票,能将任何一个在废弃的羊栏里过夜的小伙子变成纨绮子弟。壁炉架上搁着一支高大的火炬,旁边是一盒备用的火柴。不过地板没有上过蜡,他的靴子踩在一摊摊沙子和灰泥上面。他又一次获得那种印象,他是在一座久已废弃的房子里……朝着壁炉移动过去,差点让一堆纸板箱和小盒子给绊倒。他点燃一根蜡烛,打量着盖子底下的东西。

他看到为往昔某个时代的风流男子设计的服装:天鹅绒高领的长礼服,低开口的时髦马甲,长长的白领饰,还有本世纪初时兴的漆皮鞋。他都不敢碰一下。可是一番梳洗之后,冷得直打哆嗦的他便取下一件大斗篷披在男生罩衫外头,将打褶的斗篷领子拉紧。他把带平头钉的靴子换成轻便的舞鞋,但是光着个脑袋,准备下楼。

沿着木楼梯拾级而下,没有碰上任何人,他来到外头黑乎乎的庭院角落里。一阵夜晚刺骨的冷风扑面而来,扬起斗篷的襟边。

他走了几步,四下里张望。夜空的那点光亮刚好够他辨认方位。他是在一个外屋环绕的小小的庭院里头。一切都显得敝旧而荒废。底下楼梯口的门很久之前就被移到楼梯间里。缺失的窗玻璃在墙壁上留下黑乎乎的窟窿。可这整个场景却透着那么一股神秘的喜庆气息。五颜六色的反光从低处的房间折射出来,而那些房间很可能也挂着灯笼,挂在望得见乡野之地的窗户里。地上清除了杂草,而且打扫过了。站在那儿,他便觉得可以听见歌声——听着像是未成年人的声音,从这片杂沓拥挤的楼房之外的某个地方传来,而风中摇曳的树枝剪影映衬着楼房窗户隔条上粉色、绿色和蓝色的图案。

他站着不动,披着那件大斗篷,像猎手那样稍稍前倾,想要听得更清楚些,这时从毗邻的一座楼房内走出一个不可思议的青年,而那座楼房根本不像是有人住着的。

他戴一顶边沿卷曲的高顶礼帽,黑暗中像银子一样闪闪发亮;长礼服的领子顶在头发里面;一件低领口的马甲;绑着脚带的陀螺形裤子……这个年轻的花花公子,不会超过十五岁,蹦蹦跳跳一路走过来,仿佛是有弹性的脚板给了他额外弹力似的,倏忽从身旁经过,向莫纳深深鞠了一躬,动作机械,未作停留,便朝着主楼的方向消失在黑暗中了,而那幢楼房不管叫什么,农场、城堡或修道院,反正它的塔楼在午后是引导过这个迷路的男生的。

莫纳稍作犹豫,便动身跟在那个古怪的小角色后面。他们穿过一大片开阔地,半是庭院半是花园,沿着一条灌木丛镶边的行人道接着往前走去,绕过一个围着篱栅的鱼池,经过一口井,最终到达了那座房子的门前。

一扇沉重的木头大门,顶部呈弧形,像长老会教堂的门那样嵌有装饰钉，微微虚掩着。那个年轻的花花公子推门而入。莫纳跟了进去，而他一只脚几乎还没有跨进大厅，便发现自己被笑声、歌声、欢呼声和跑跳声团团围住了，眼前却是空无一人。

大厅远端有一条直角相交的走廊。他举棋不定，既想去探查那条走廊，又想去把其中一扇房门打开，他听见的声音便是从那扇门内传出来的。这时他看见两个女孩子正沿着走廊奔跑，在你追我逃。他用轻巧的舞鞋踮起脚尖向前跑，想要看到并赶上她们。只听见房门打开的声音，瞥见两张十五岁的脸蛋，由于凛冽的晚风和激烈的追逐而涨得通红，脸孔套在执政内阁时代的高帽子里，帽带在下巴颌上系住，行将消逝在一片耀眼夺目的光芒中。一时间她们用脚尖旋转，宽大的裙子飞扬起来，滚动打转，露出古雅的蕾丝灯笼裤；然后，表演结束，她们便一个箭步冲进房间，把身后的门关上。

莫纳呆呆地站在昏暗的门厅里，眼花缭乱，晕头转向，感觉这会儿才真的像是一名不速之客——那种犹犹豫豫、缩手缩脚的样子，他轻易就会被人当成是窃贼！他打定主意往回走，这时又一次听见通道尽头的脚步声，还有稚气的说话声。两个小男孩正朝他走过来。

他摆出一副镇定自若的神态,问道:

"是不是快要到吃晚饭时间了?"

年龄大一点的男孩回答说:"跟我们走吧,我们给你带路。"

他们抓住他的手,一边一个,是小孩子在重大节日宴会前夕那种信任而友爱的方式。他猜他们俩准是农夫的小孩子,穿着他们最好的服装:马裤半吊在膝盖下面,露出粗糙的长筒毛袜和窄窄的木底鞋;与无檐软帽搭配的蓝色天鹅绒坎肩,还有白色领结。

"你认识她吗?"大一点的那个男孩问他同伴,那个有着圆圆的脑袋和憨厚眼睛的淘气鬼。

"不认识。不过我的母亲说,她穿一件黑裙子,戴一个棉布领子,看上去就像是一个漂亮的皮埃罗哩。"

"那是谁呀?"莫纳问道。

"唔,自然是弗朗茨的未婚妻了……他去接的……"

莫纳还没来得及打听更多的情况,他们就到了一个天花板低垂的大房间门口。屋里有一堆大火在熊熊燃烧。搁在支架上的厚木板做成的桌子都铺着雪白的台布,只见各式各样的人群集一堂,围桌而坐,正在文绉绉地进餐呢。

第十四章　奇怪的游园会（续篇）

这是那种晚餐，是在乡村婚礼的前夜用来招待远道而来出席庆典的亲戚们享用的。

两个男孩松开莫纳的手跑向毗连的一间屋子，从那儿传来阵阵稚气的叫喊声和调羹叮叮当当的敲击声。莫纳大胆而镇静自如地跨过长凳，在两个老农妇旁边坐下。他顾不上礼节便狼吞虎咽地吃起来，过了一段时间才抬起头逐个打量同桌的人，听他们在说些什么。

说到这一点，几乎是没有人在交谈呢。那些客人好像彼此都不太认识。他们准是从遥远的城镇或本乡偏僻的地区赶来的。沿着那些桌子，每隔一大段距离，到处都有蓄着连鬓胡须的老人，而别的人，脸上刮得干干净净，模样像是曾经做过海员似的。坐在他们一侧的另外一些老人，和他们有诸多相似之处：一样的黧黑肤色，一样的浓密眉毛下的锐利眼神，一样的细如鞋带的领结……但显而易见，这些人的航行从来都没有超出过本乡本土的范围，要是他们屡经暴风骤雨的冲击，那种摸爬滚打，搁在航海途中或许算是够呛，可他们是驾驶着爬犁在田野上面来回穿梭，这个自然是不用担太多风险了……他们当中有不多的几个女人：老迈的身躯，褶边软帽下的脸庞像是打褶的苹果。

那儿没有人会让莫纳觉得和他们在一起有什么不安全或不自在的。后来莫纳解释这种印象，他这么说："当你做了什么相当不可原谅的事情时，你设法让自己安下心来，就会对自己说，某个地方的某个人是会原谅你的。你想到那些老人，或许是想到那些宽容的爷爷奶奶，他们事先就会让你相信，不管你做什么都是许可的。"那么，坐在这些桌子边上的好人无疑便是属于那种类别。至于其他人吗，他们是青少年，或是小孩子……

在此期间，坐在他旁边的那些女人闲聊了起来。

"最早也要过了明天下午三点钟，"两人中年龄较大的那个说道，嗓门是那种怪里怪气的高音，而她怎么都没法让它变得柔和些,"那个年轻人和他未婚妻才会到这儿。"

"看你说的!"另一个说道,"再那么说我可要生气了。"可针织软帽下的表情却是够温和的。

"那你自己算一下吧,"年长的女人泰然自若地回嘴道,"从布尔日坐火车到维埃宗是一个半小时。从维埃宗过来是七里格路……"

争论还在继续,莫纳没有漏掉一个字。多亏了这场未伤和气的小小口角,他隐隐约约地开窍了。弗朗茨·德·加莱,这户人家的儿子——是一名学生或水手,或许是海军少尉,这个不是太清楚——到布尔日去接他要娶的那个姑娘了。听起来虽说显得不可思议,但这个小伙子,因为他准是相当年轻又相当任性,随心所欲地安排这块领地上的事务。其中便有这样一项,当他的未婚妻到达时,这个大城堡应该看上去像是一座举办游园会的宫殿。而为了欢迎她到来,他亲自把这些小孩子和温良的老人家都邀请来了……这便是那两个女人闲聊中透露的少数事实,其余的都还蒙在神秘的雾霭中,因为她们回到两个年轻人会在何时到达那个话题上去了。一个说是明天早上,另一个说是明天下午。

"我可怜的摩瓦奈勒,"——说话的是年龄较小、不太容易激动的那个——"你和从前一样，还是那么的拎不清。"

"而你和从前一样，还是那么固执，我可怜的阿黛勒，"平静的反驳伴随着耸耸肩，"上回见到你之后过去四年了，可你一点都没变过。"

她们继续拌嘴却不见一丝怒气。

莫纳急于了解更多情况，终于插话道：

"他那个未婚妻有他们说的那么漂亮吗？"

她们看着他像是不知道该如何作答似的。除了弗朗茨谁都没有见过那个姑娘。他从土伦回家，途中在布尔日停留，某日黄昏在当地的一个名叫"沼地"的花园里，偶遇痛苦不堪的她。她做织布工的父亲，把她从家里赶了出来。她长得非常漂亮，而在那个地方，在那个时候，弗朗茨便决定要娶她。这是一个不可思议的故事；但如果不是德·加莱先生，他的父亲，对他百依百顺，还有他的姐姐伊冯娜，也是对他百依百顺！那么……

莫纳试探着做进一步调查，这时门道里出现一对迷人的情侣：穿着天鹅绒紧身马甲和百褶裙的十六岁姑娘，穿着高领外套和陀螺形裤子的小伙子。他们跳着舞穿过房间，其他人尾随其后，接着是更多的人忙不迭地尖叫着跑来，追赶他们的是一个高高的皮埃罗，脸上搽得雪白，牢拉着袖子，头戴一顶黑色软帽，缺了牙齿的嘴巴笑吟吟地张开。他跨着笨拙的大步，半是在跳跃，甩着空空的袖子。姑娘们似乎有点怕他，小伙子们却跟他握手，而年幼的孩子们则非常兴奋，尖声呼叫着追赶他。他经过时，那黯淡无神的目光落在莫纳身上，而他从眼下这副刮得干干净净的面具底下察觉到，这是马鲁瓦约先生的伙伴，那个把灯笼张挂起来的江湖艺人。

饭吃完了，客人纷纷起身离座。

过道里成群结队跳起了轮舞和法兰朵拉舞。某处有弦乐奏响小步舞曲……莫纳将脑袋半掩在像飞边一样突出的斗篷领子里，完全不知道自己是谁了。受到欢乐气氛的感染，他也加入追逐皮埃罗的行列了，穿过一道道走廊，此刻走廊像是剧院的边厢，而剧院的舞台上是流光溢彩的盛大演出。而入夜之后他迷失在参加欢快的假面舞会的人群中了。他会推开一扇门，发现里头正在举行一场幻灯表演，伴随着孩子们阵阵响亮的掌声……或是在一间挤满舞者的厅堂里，他会和某个年轻的纨绮子弟攀谈，探得一点口风，关于随后的日子里要穿些什么服装……

最后，这种过度的嬉闹弄得他有点不舒服了，他生怕有人会留意到斗篷底下那件男生制服，便在屋里灯光昏暗些的地方躲上一阵，而那儿除了轻柔平缓的钢琴声，什么声音也听不到。

推开一扇门，他发现自己是在一间点亮着吊灯的餐厅里头。这里的一切都是静悄悄的，但是这里也在举行一个晚会：参加晚会的是一群幼儿。

他们有几个是坐在小凳子上，把集邮簿搁在膝头；另外几个跪在地板上，在身前的椅子上布置一个图片展览；还有几个围坐在火炉周围，什么也不说，什么也不做，只是满足于倾听大房子里回荡着的狂欢活动的模糊声浪。

邻室有人在弹钢琴。那道门打开着，莫纳出于好奇走过去看是谁在那儿。他站着朝一间小客厅里张望。一个年轻女子，说不定只是个姑娘——她背着身子——披着红褐色斗篷，在轻柔地弹奏着一些简单熟悉的曲子或合唱曲。钢琴旁的沙发上有六七个小男孩和小女孩坐着聆听，像画片上的小孩子那样坐得端端正正的，而且是像那种时间很晚了也要"表现良好"的小孩子，虽说其中偶尔会有一个，用手腕撑起身子，往下一滑走到餐厅里去，于是便有另一个孩子，把图画书都看完了，会进来在那个位置上坐下……

那些蹦蹦跳跳的嬉戏，好玩是好玩，但也兴奋忙乱，有些疯疯癫癫；即便是在加入狂乱追逐那个跳跃的皮埃罗的行列时他也是这么觉得，而经过这一番欢闹之后，莫纳此刻沉浸在一种深沉而极为安宁的满足之中了。

那个姑娘在继续弹琴，而他悄悄回到餐厅坐下，伸手去拿桌上散落的红色集邮簿，抽出其中一本心不在焉地翻阅起来。

一个小男孩离开地板上的处所，扯住他的袖管，爬到他膝头瞧一瞧他在看什么东西。随后，立刻便有小伙伴加入进来，占据另一个膝盖。而莫纳做起梦来了，有点让他回想起旧日的梦境。他联翩的思绪萦绕于那个幻觉：在一个和煦的黄昏，在他自己的房子里，他是个已婚的男子，而隔壁房间里在弹钢琴的那个陌生而迷人的姑娘是他的妻子……

第十五章　相遇

次日早上，莫纳是最早一批收拾停当的人。奉行他所收到的忠告，穿上了一身轻便的黑色套装，贴身上衣，肩口膨胀，双排扣马甲，裤管宽大得几乎遮没漂亮的鞋子——还有一顶高顶礼帽。

下楼时庭院里仍是空荡荡的，而步入其中，仿佛是飘然进入春天早晨似的。这确实是那个冬天最暖和的早晨，洒落的阳光让人想起四月初那些日子。冰霜消融，湿漉漉的草叶像是被露珠打湿了似的闪闪发亮。树上的小鸟叽叽喳喳地叫着，和煦的微风轻轻吹拂他的脸颊。

他像是在主人起床之前活动的客人那样，漫无目标地走进庭院，有点期待着听到某个亲切愉快的声音叫喊道：

"怎么，奥古斯丁，你已经起来了？"

可他却在庭院和花园里独自闲逛了一段时间。他掉转目光朝主楼的窗户和尖塔望过去,不见一丝动静,虽说那两扇沉重的圆形门的嵌板敞开着。在大门上方的高处,太阳最初的几缕光线在楼上一扇窗子上燃烧,仿佛这是在夏日清晨似的。

他头一次在白天看见了庭院的内面。庭院新近铺了沙子,用耙子耙过。那堵拆毁一半的围墙把庭院和花园隔开。他自己的房间所在的外屋,一头盘踞着马厩,一堆古怪杂沓的建筑,爬满密密的藤萝和恣意蔓生的灌木丛。整片领地都是用树林围起来,让低洼处的乡村看不见它,只有东边可以望见覆盖着岩石和更多冷杉树木的蔚蓝丘陵。

他在花园里漫步,碰见那个鱼池,从圈起来的摇动的篱笆上张望。池塘边缘仍结着冰,薄薄的,像泡沫一样满是孔眼。他在池水中瞥见自己,仿佛正弯腰俯向天空似的。从穿着浪漫学生穿的那身衣装的身影中,他看到了另一个莫纳:不是那个驾着农夫的小马车仓皇出逃的学员,而是书本里头那种迷人而绝妙的人儿,一本可以作为奖品的书……

他朝主楼匆匆走去,因为肚子饿起来了。在他用过餐的那间大屋子里,一个妇人给他安排位置。他坐下来,她便立刻在桌布上一字儿排开的其中一只碗里倒进咖啡。

"先生，您是头一个下楼来的人。"

他欲言又止，因为仍然害怕会突然露出马脚，将自己不速之客的身份暴露了。可他必须弄清楚，他们什么时候出发去参加他所得知的那场乘船旅行。

"半个小时之后吧，先生。别的人都还没下楼来呢。"

于是他便又走出去绕着房子游荡，寻找栈桥的某种标志。这座长长的楼房有大城堡那么大，虽说其两侧的耳房大小不等，看起来倒是有点像教堂呢。他绕过南边的耳房，眼前突然呈现一望无际的芦苇荡景色。沼地这边的水漫延到墙脚下，而门前有一座座木制小阳台悬挂在轻波荡漾的涟漪上面。

他沿着岸边逛了一段时间，走过一片类似于拖船路的沙地。他走走停停，抬起头凝视着尘封的高高的窗户，透过窗子隐隐可见破败不堪的房间；或是杂乱堆放着独轮车、生锈农具以及破碎花盆的储藏室，这时他忽然听见沙地上的脚步声。

来的是两个女人，一个上了年纪并且弯着身子，另一个年轻、美貌而苗条。她那身不起眼的服装轻便而迷人，继昨晚各种化装戏服之后，这身打扮让他乍见之下非常惊奇。

她们稍停片刻四下张望，而莫纳仓促得出那个过后看来是太过离谱的结论，暗自说道：

"大概是他们叫作怪人的那种姑娘——或许是个女伶吧，叫到这儿来参加游园会的。"

与此同时那两个女人从他身边经过，而他站着注视那个姑娘。往后有多少次，他在睡着之前拼命试着重温那个倩影，梦里便见到一系列和她相像的年轻女人。一个戴着她那样的帽子；一个身子微微前倾和她一模一样；一个有她那样的纯真表情，另一个有她那样纤细的腰身，另一个有她那样的蓝眼睛——可她们没有一个是这位修长而窈窕的姑娘。

他有时间留意到那一头浓密的金发，还有那张容貌纤细的脸，那样纤巧，简直是过分娇弱了。接着她便从他身旁移步离去，而他留意到她穿着的那身衣裙，轻便而端庄，像那种人穿的衣装，可能是那种……

他不知道是否有胆量去陪伴她们，犹豫不决之际听见那个姑娘对同伴说话，而她的身子难以察觉地微微转向他：

"眼下船应该随时会到这儿了……"

莫纳便跟在她们后面。

那个老妇人尽管是弱不禁风，可大部分时间都是她在那儿说说笑笑，那个姑娘轻柔地回应着。那两个女人朝栈桥走下去时，她便转身把目光投向他，也是那种内含轻柔的神情，纯真而严肃：那种神情像是在说：

"你是谁？你怎么碰巧会在这儿呢？我不认识你……可我真的像是认识你的。"

其他客人此刻闲站在树底下。随后三艘游船便向岸边靠拢，把乘客接上船去。随着那两个女人趋步而来，年轻人一个接一个地脱帽，女士们一个接一个地鞠躬，而她们似乎是大城堡里的夫人和女儿。这一切都很奇怪——那个早晨，那种远足……尽管阳光很好，空气里却有几分料峭寒意，女人们将绕在颈前的羽毛长围巾拉得更紧些，而那种围巾当时很流行……

那个老妇人留在了岸上，而不知道怎么回事莫纳发现自己和这户人家的小姐登上了同一艘小艇。他倚靠着栏杆，一只手扶住帽子以防被大风刮走，无法把眼睛从那个姑娘身上移开，而她在甲板的遮阴区找了个位置坐下来。她也在朝他看。她会微笑着回答邻座的话语，然后她那双蓝眼睛便会轻柔地落在他身上。他留意到她有一个咬嘴唇的习惯。

在深深的寂静中，他们驶离岸边。四周鸦雀无声，只听见引擎轰隆隆的声响和船头搅动流水的汩汩声。这兴许是在仲夏的早晨呢。他们兴许是去往某座乡村庄园，而这个姑娘会打着白色遮阳伞在庄园里漫步，鸽子在悠长的午后咕咕叫着……可一阵刺骨的寒风猛然提醒参加这个奇怪的游园会的人，这是在十二月呢。

他们在一处种着冷杉树的地方上岸。栈桥上紧挨在一起的乘客不得不等候船夫将隔栏的挂锁打开……随后的日子里莫纳只要回想起登上湖岸的那一刻便不由得心潮起伏，那张很快就要在他面前消失的脸庞当时就在那儿，离他那么近——那个纯净的侧面让他的眼睛依依不舍，直到眼里快要蓄满泪水为止。他记得在她脸颊上留意到，有一丝扑粉的痕迹，像是她吐露给他的一个微妙的秘密……

而眼下在岸上，一切都像是梦里那样渐次到来。孩子们嚷着笑着，跑来跑去，他们的长辈分批穿过树林去往别处，莫纳在人行道上紧跟着那个只领先他几步的姑娘。他赶上她，不容细想就脱口说道：

"你很美。"

可她匆匆赶路没有作答，便拐入了一条侧道。

年轻人在行人道上飞奔，玩游戏，或是兴之所至地游荡。那个青年在苦苦责备自己，为他所谓的失礼、粗鲁、愚蠢而感到痛心。他继续瞎逛，相信再也见不到那个可爱的人了，这时她就在那儿，正朝他走过来。行人道窄窄的，她只好贴着他身边过去。她用没戴手套的手将那件长斗篷的褶边拉到一边去。他留意到她那双敞口的黑鞋子，还有她细长的脚踝，细长得某些时刻似乎要弯曲，让人担心眼看着就要折断了。

这一回年轻人鞠了一躬，低声说道：

"你会原谅我吗？"

"我原谅你，"她神色庄重地说道，"可我必须回到孩子们那儿去了。今天是由他们来发布命令的。再见。"

奥古斯丁恳求她再待一会儿。他的举止局促不安，可他的语气却流露出那么深沉的忧患，使她不由得放慢脚步倾听。

"我连你是谁都不知道呢。"她终于说道。

每一个字她都是用清一色的重音节说的，只是最后一个字说得轻柔一些……随后她脸上便又恢复平静的表情，那双蓝眼睛一动不动地凝视着远处某个物体，牙齿咬住嘴唇。

"我也不知道你的名字呢。"莫纳说道。

行人道把他们带入空旷的野地,而前方不远处客人在一座全然孤立的小房子前会合。

"那是弗朗茨的房子,"她说道,"我必须离开你了……"

她犹豫了一下,朝他注视片刻,然后便微笑着说道:

"我的名字?……我是伊冯娜·德·加莱小姐。"

随后她便走了。

他们所说的"弗朗茨的房子",里面没有人居住,可莫纳发现从屋顶到地窖满是喜气洋洋的入侵者。他没有机会去探察周围的事物,匆匆吃起了从船上运来的午餐冷食——不是最适合节令的那种膳食,但显然是孩子们定下的规矩。随后便到了返程时间。

德·加莱小姐正要离开屋子,莫纳便朝她走了过去,继续她所放弃了的交谈:

"我给你取的名字还要美呢。"

"是吗?那是什么呢?"她仍是一脸的庄重。

可一想到可能又要犯错,他便没有说出口。

"我的名字叫奥古斯丁·莫纳,我是一名学生。"

他们便从容地交谈了几分钟,像朋友那样兴致勃勃。

接着那个姑娘的态度便起了变化。此刻是少了些距离，少了几分庄重，她似乎更为不安了。仿佛她担心莫纳可能要说的话而预先退缩了似的。她在他身边微微发抖，像燕子飞过来小憩片刻，却因其再度飞翔的愿望而已然战栗了。

而当他谈起他的希望时，她便轻柔地回应道：

"可那有什么用？……有什么用？"

可当他终于鼓起勇气请求允许他有朝一日重归这片神奇的领地时，她却十分自然地说道：

"我会盼着你来的。"

他们望得见栈桥了。她站了片刻，便幽幽地说道：

"我们两个都是小孩子。我们是很傻的。我们不可以坐同一条船回去。再见——不要跟着我。"

莫纳尴尬地站着，注视她移步离去。稍后，当他也到达岸边时，见她在远处人群中消失之前转过身，回头朝他看。她首次将凝视的目光镇定地落在他身上。这是意味着最后的告别吗？是她不许他去陪伴同行？或者她也许是有更多的话想要对他讲的？……

客人刚一回到庄园，小马驹比赛就在家庭农场后面一大片倾斜的草场上举行了。这将是当日节目的最后一项。

都以为那对年轻夫妇会适时光临赛场，而弗朗茨会亲自主持这些赛事呢。

可比赛不得不在他缺席的情况下开始了。男孩们一身骑师装束，牵着欢蹦乱跳身披缎带的小马驹准备进发；女孩们照例分到较老也较温驯的坐骑。那些喊声和稚气的笑声，那些打赌和摇铃，让人觉得是飘飘然坐在微型赛马场的柔软如茵的草皮上。

莫纳认出达尼尔和帽子上插着白色羽毛的那些小姑娘，前一天下午接近这座房子时听见过他们说话的……可比赛大部分精彩场面他都没有看到，他在四处寻觅另一顶帽子，那一顶玫瑰花饰边的帽子，还有那件棕红色斗篷。可德·加莱小姐却并没有露面。他仍在搜寻时，示意比赛结束的最后一连串铃声响起了。在一阵欢呼声中，骑在白色老母马上的那个小女孩率先到达了终点。她以凯旋的姿态疾驰而过，帽子上的羽毛在她身后迎风飘扬。

随后寂静便笼罩了现场。比赛结束而弗朗茨并没有露面。似乎没有人知道接下来该做些什么。出现了尴尬的磋商。最后，客人三三两两回到自己房间去，在无言的拘束之中等候年轻的主人及其未婚妻到来。

第十六章　弗朗茨·德·加莱

赛马结束得太早了。莫纳四点半回到房间时仍是白昼，脑子里满是这不寻常的一天的经历。他在桌旁坐下。除了等候晚餐以及晚餐后的庆祝活动便无事可做了。

其间起风了，此刻和昨晚刮得一样猛。它会以急流的轰鸣声绕屋盘旋，或是骤然发出瀑布嘶嘶作响的尖啸声。炉门前那台铁制鼓风机不时发出咔塔咔塔声。

莫纳首次感受到随着近乎太过完美的一天而来的微微沮丧的心情。他想到要生炉子，可当他设法把鼓风机抬起时发现它牢牢地锈在了地上。他四处转悠起来，整理着房间。把那套精美服饰挂起来，将乱堆的椅子贴墙放好，把这个地方收拾齐整，仿佛是要再小住几天似的。

可他依然意识到他可能要毫无预兆地离开，便将自己的男生服装仔细地折挂在椅背上，好像它们是他的旅游服似的，然后将靴子塞到椅子底下：它们仍沾着厚厚的泥浆。

然后觉得自在些了，便坐下来，细细打量着这个让他收拾得井井有条的新家。

淅淅沥沥的雨滴不时敲打着那扇眺望马车院子和远处树林的窗子。既然屋里收拾干净了，他便放松下来，开始觉得十分快乐。在这里，他是一个神秘的高个子青年，是陌生人中的陌生人，在一间占为己有的房间里。他的所获超过了期望，是他永远都不敢奢望的。而回想起那个姑娘的脸在大风中转过来望着他，这便足以给他此刻所需的全部幸福了……

沉湎于白日梦中，他几乎没有留意到夜幕降临，等到屋子里黑了都还没想到去点燃一支火炬。冷风呼地将一扇房门吹开，而那道门连通的屋子，和他自己那间一样，可以眺望马车院子。他起身去关门，看见那间屋里亮着一盏灯。他走过去，把脑袋探进半开的门里。借着桌上的烛光可以看到有个人在地板上踱步，而那个人一定是从那扇大开的窗子里进来的。就他所能辨认的而言，这是一个非常年轻的男子。没戴帽子，肩披旅行短斗篷，不停地来回走动，仿佛是被某种难忍的痛苦搞得心烦意乱似的。从窗口灌进来的风卷起斗篷的褶边，而每一次他靠近桌子，烛光便映照出那身做工精美的长礼服上的镀金纽扣儿。

他从齿缝里吹着口哨：是水手和女郎唱的那种小曲儿的调门，他们聚在酒馆里唱歌让自己高兴起来。

激动不宁的踱步蓦然打住，年轻人趴在桌上，打开一个盒子，取出一些纸页……莫纳此刻在烛光里看清楚他的侧面：鹰隼般纤巧的面容，没留胡须，浓密的头发在一侧分开。他停止了口哨。他苍白之极，嘴唇张开，似乎就剩下最后一点力气，仿佛是心脏受到打击似的。

莫纳站在那里感到进退两难：不知是应该小心退避，还是应该走上前去，把手亲切地放在年轻人的肩头，说上几句话？……随后那个年轻人暗自抬头张望，凝视片刻，便丝毫不见诧异地挺身而出，用那种尽量保持镇定的语气说道：

"我不认识你，先生。可见到你我并没有不高兴。既然有你在，跟你解释一下也成……是这样……"

可他似乎是迷失了方向。当他说"是这样……"时，便一把攥住莫纳的上衣领子，仿佛是要集中注意力似的。接着他便掉头朝窗口望去，像是设法将思路理清楚似的。莫纳见他眨巴着眼睛，便估计他是觉得难以将眼泪忍住了。

随后，他像小孩子那样大口饮泣吞声，眼睛仍望着窗口，换一种语调接着说道：

"我要说的是：一切都完了；游园会结束了。你下楼时可以这样告诉他们。我是一个人回家的。我的未婚妻不来了。是因为有顾忌，还是因为胆怯，还是因为不信任……让我试着解释，先生……"

可他说不下去了，他的脸在抽动，而他并没有做出解释。他唐突地掉转头，走到房间那边的暗影深处，将装有衣物和书籍的抽屉时而拉开时而关上。

"我得准备离开了，我不想任何人来打扰我。"

他把各种物件放在桌上：一个化妆盒，一支手枪……

莫纳心情大乱，不敢说一句话，也不敢伸手去跟他握别，便转身走了。

楼下，来宾们显然已经猜到事情有些不对劲了。绝大多数姑娘都换上了便服。主楼里晚宴开始了，却是一片乱糟糟的气氛：客人急急忙忙地吃饭，和旅客一样争分夺秒。

人们不停地进进出出，上楼下楼，在这间用餐的厨房和那些马厩之间来回穿梭。那些吃完饭的人闲站着互相道别。

莫纳求助于一个乡村小伙子，那人头戴一顶毡帽，餐巾塞在马甲里头，赶紧要把饭给吃完。"出什么事了？"他问道。

"我们要离开了……是突然间定下来的。我们闲站着没事干，没有人管我们。我们一直等到最后一分钟。五点了，那他们就不可能露面了。于是有人说：我看咱们还是走吧……这下大家都准备走了。"

莫纳什么也没说。他没有额外的理由留下来。他这趟冒险莫非是到头了？他所能期望的——至少是目前所能期望的莫非是全都得到了？说到这一点，他几乎还没来得及将这个早晨曾经说过的美好事物牢记在心呢。眼下是没什么可停留的了。很快，他就会回来的——这次可不能再骗人了……

"要是你想和我们一起走的话，"那个新相识说道，他是和他年龄相仿的小伙子，"那你最好赶紧收拾东西。我们几分钟之内就要套马了。"

莫纳饭只吃了一半，便脚步沉重地出了门，没有把他知道的事情告诉任何一个客人。公园、花园、庭院，此刻都隐没在黑暗中。今夜的窗口没有点上灯笼。可既然这顿饭毕竟是正餐，本该是在婚礼庆典上吃的，因此就有几个比较粗俗的来宾，大概是趁着酒兴，放声歌唱起来了。往回走的路上，莫纳听到有人唱低俗歌曲，在亵渎这个公园，而它在这两天内曾怀有那么多的优雅，那么多的珍奇。这是分崩离析的不祥之兆。他从鱼池旁边经过，而今天早上他还在那儿仔细观赏过他的倒影呢。从那以后事情起了多大的变化啊！……他把吵吵闹闹的合唱抛在身后，可仍然能够听到几句：

亲爱的小荡妇，你去哪儿了？
你那帽子歪了，
你那头发乱了……

还有：

我穿上了红鞋子……
情人，再见！

我穿上了红鞋子……

永别了，再见！

走到通往他那个孤单房间的楼梯口，黑暗中和下楼来的某个人撞了一下，而那个人说道：

"再见了，先生。"

他把围在肩头的短斗篷裹起来，好像很冷似的，然后便消失不见了。那人是弗朗茨·德·加莱。

弗朗茨留在他房间里的那支蜡烛还在吱吱燃烧，东西都原样不动地放着。可桌上有一张信笺，放在那里是不会看不见的。上面写着这样几句话：

> 我的未婚妻走掉了，留下话说，她不能做我的妻子，她是裁缝，不是公主。我不知道该怎么办。我走了，我不想活了。但愿伊冯娜能原谅我的不辞而别，不过，她也帮不上我什么的……

蜡烛发出噼啪爆裂的声音，便熄灭了。莫纳掉转头，关上门，便回到他自己的房间。屋子里尽管黑，可还是不难找到几个钟头前摊在那儿的东西，而那个时候仍是白昼，那个时候心里还是快乐的呢。把他那套行头的每一件破烂货都重新找出来，一件接一件，像是老朋友，从那双笨头笨脑的靴子到那根沉甸甸的黄铜锁扣的皮带。他迅速将衣服换好，却心不在焉地将借用的服装折挂在椅子上，把那件换错的马甲留下了……

那扇窗子底下，外头的马车院子里，场面一片混乱。连拉带拽，推推搡搡，还有大喊大叫，人人都想把自己的车子从拥堵的车辆中解脱出来。不时会有晃着灯笼的人爬到运货马车驾驶座上或是四轮大马车的顶篷上，而当闪光透进窗户时，这间莫纳眼下觉得是那样熟悉的屋子，充满那样亲切的物件，似乎霎时之间呼吸并苏醒过来……而当他仔细将身后那扇门关上时，这便是他对这间或许是再也不会见到的神秘寓所的最后印象了。

第十七章　奇怪的游园会（终篇）

黑暗中，一排马车已经朝林间的大门口徐徐进发了。走在头里的是一个穿山羊皮夹克的汉子，拎着遮光提灯，牵着第一匹马的笼头。

莫纳急急忙忙找人搭车，急急忙忙要离开了。此刻他怀着深深的恐惧感，怕独自一人留在领地上，让人看出是个冒牌货。

他来到正门口，发现最后那些运货马车上的车夫在调节其负荷的平衡：坐具向后或向前拉动时要求乘客站立。裹着三角围巾的姑娘们费力站起来；毯子从膝头滑落；而她们弯腰重新找回毯子时，车灯投射的光圈照出她们神色紧张的面孔。

莫纳在这些车夫中认出那个要让他搭车的年轻农民。

"我可以上车吗？"他喊叫道。

可他并没有被认出来。"伙计，你要走哪条路？"

"圣·阿戈特。"

"那你最好去问一下马利丹。"

他在那些来得很晚的旅客中寻找那个不认识的人。最后，厨房里仍在喝酒唱歌的那伙人当中有一个被确认为马利丹。

"他是那种只想玩个痛快的人，"有人发表意见道，"不到凌晨三点他是不会走的。"

莫纳的思绪飞向那个焦虑成疾的不幸姑娘，她要度过忧心如焚的夜晚而这些个粗人却在她家里大声唱歌。他想知道哪儿是她的房间？这些神秘的区域内，何处才望得见她的窗户？可他延迟离开也是达不成什么意愿的。他必须脱身而去了。一旦返回圣·阿戈特，他的印象就会理出头绪来。他就再也不是那种玩玩逃课的男生了，他会随心所欲地梦想大城堡里的那位小姐。

马车一辆接一辆离开，车轮碾着林荫长道上的沙子。他看见它们拐弯并消失在夜幕中，满载着围上披肩的女人和裹在围巾里已经睡着的小孩子。一辆大型号的单人马车出发了；一辆四轮游览马车出发了，车上的妇女肩并肩坐着——而莫纳沮丧地站在屋子的门槛上。眼下唯一的机会,便是那个穿罩衫的农民掌管着的那辆破旧的四轮带篷马车了。

"那就上来吧,"他听着莫纳解释自己的困境时说道,"我们跟你是一路的。"

莫纳将摇摇欲坠的马车的车门费力打开,弄得窗玻璃砰砰震响,铰链吱吱嘎嘎。座位一头睡着两个小孩子,一个男孩和一个女孩。声响和冷风把他们弄醒了,他们伸了伸懒腰,茫然凝视着,瑟瑟发抖,接着便缩回角落又睡着了……

那辆破旧的马车开动起来,莫纳便轻轻把门关上,在座位另一头的角落里小心翼翼坐下来。随后便贪婪地注视窗外,设法牢记向后退去的现场地形以及他初来乍到时经过的路线。他在黑暗中半是看见半是猜测周遭的事物,而马车摸索着穿过花园和庭院,经过他那个房间的楼梯口,驶入林荫道,通过大门,来到外面的林中路,而那儿的老冷杉树的树干连续不断地从车窗口掠过。

"我们可以追上弗朗茨·德·加莱。"他想道,心跳加快了。

马车猝然转向,避开狭窄路面上的一个障碍物。夜色中森森然浮现的某个貌似车轮上的房屋的庞然大物,而那只能是庆典期间在附近矗立着的那辆大篷车了。

马儿一俟绕过这个障碍物便一路小跑起来。莫纳渐渐厌倦于透过车窗凝望那雾蒙蒙的黑暗,这时林子里突然火光一闪,响起一声爆炸。马儿顿时狂奔起来,而莫纳起初吃不准车厢上头的人是要勒住它们还是要催促它们向前跑。他试着把车门打开,可它卡住了,摇它也没用……此刻醒着的那两个小孩很害怕,紧挨在一起却不作声。而在他使劲摇门时,他的脸贴近窗玻璃,车灯在弯道上的瞬间闪光照亮一个奔跑的白色人影,形容枯槁,心急如焚。那是游园会上的皮埃罗,仍然穿着戏服的巡回艺人,怀里抱着一个身体。随后一切便都隐没在黑暗中了。

马车此刻在夜幕中轰隆疾驶,车厢内的两个小孩又静下来睡觉了。莫纳没有人可以倾诉,说说最近这两天偶然发生的神秘事件。年轻人反复思考着所见所闻的种种事情,想了很久很久,直到浑身疲惫,心情沉重,他才索性蒙头睡去,像一个怏怏不乐的孩子……

……马车停住时天还没亮,而莫纳被窗子上的叩击声弄醒。车夫将卡得死死的门费力打开,把夜晚侵人肌骨的冷风放了进来。

"这是你下车的地方,"车夫说道,"我在这儿拐弯。这会儿天就要亮了,你离圣·阿戈特不远了。"

莫纳腿脚抽筋发麻,不假思索地顺从了,茫然摸索着那顶软帽,而它掉在了车厢最黑暗的角落里睡觉的小孩子脚下,接着便俯身踏上外面的道路。

穿罩衫的人说了声再见,便爬回到座位上。"你只要走六公里路就行了,"他说道,"那边路旁有块里程碑。"

莫纳仍是瞌睡懵懂的,弓着肩慢腾腾地朝那块碑石走过去坐下。他抱着胳膊,任由脑袋昏沉沉地向前栽落……

可车夫发出规劝:"你不可以在那儿睡着的!会冻僵的!……赶紧起来……走一走就会打消睡意了……"

像酒鬼那样跟跟跄跄,手插在口袋里,肩膀拱起,他拖着沉重的步子朝圣·阿戈特一路走去,而那辆破旧的四轮带篷马车——神秘的游园会的最后遗迹——辘辘驶离砾石铺成的道路,东倒西歪,悄无声息,沿着一条杂草丛生的小径横穿田野。它在篱笆后面是什么都看不见了,除了车夫那顶上下浮沉的软帽……

第二部

第一章　海盗

这寒冷的天气——大风、雪和雨；这无所作为的状态——只要冬天还在持续就做不了任何有用的勘查，阻碍莫纳和我进一步谈论那片迷失的领地。二月短短的白昼中，没有什么可值得去尝试的，即便是在星期四——我们每周的假日，也莫不如此，起初是一连串的狂风，到了五点钟总是变成绵绵不断的雨雪。

没什么事情可以让我们想到他的历险了，除了这一件事——而这似乎很古怪，从他回来的那天下午起，我们就没有朋友了。课外活动期间玩着从前一样的游戏，可亚士曼不再跟大莫纳说话了。从这天之后，每到放学时间，教室打扫完毕，院子里又像从前我独自一人时那样，转眼间变得空荡荡了，而我注视着我的伙伴漫步从院子走到操场遮顶下，从院子走进餐室。

星期四早上，我们坐在那两间教室中的一间里读书，读卢梭和保罗－路易·库里埃的作品，是我们从一个碗橱里淘出来的，跟《英语学习方法》和那些抄着工工整整的乐谱的笔记簿放在一起。到了下午，要是我们想要远远躲开那些女访客，就从屋子里逃出来，又跑到教室里去……有时我们听见一帮年长的男孩子，他们会在大门口停下来，仿佛是凑巧似的，接着便朝门道里冲杀，像是在搞什么莫名其妙的军事演习似的，最后便走掉了……事情便是以这种暗淡无光的样子进行着，直到二月下旬为止。我开始觉得莫纳是忘却了，而这时一场新的冒险，比所有其他的冒险都更奇怪，不仅说明我的想法是多么错误，还说明我对那些力量是有多么盲目，它们隐匿在这冬天的一派萧索之下，逐渐酿成危机。

说来正是在那个月月底的一个星期四晚上，那个奇怪的领地的第一波消息，从我们不再谈起的那场冒险中泛起的第一道细浪，抵达了我们的岸边。我们安静下来度过黄昏，外公和外婆回家去了，只有米莉和父亲跟我们在一起，而他们俩对班里分裂成两派的那种暗藏的不和，是并不知情的。

八点钟米莉打开门,把从桌上扫下来的碎屑倒到外面去,当时她"啊!"的一声发出惊呼,那个声音我们听得真真切切,惹得我们走过去想要亲眼看一下。门口台阶上有积雪。天太黑了,什么都看不见,我步入外头院子里,想要弄清楚那雪有多厚。我感觉到轻盈的雪花落在了脸颊上,瞬间便融化了。接着米莉便哆哆嗦嗦地把我叫了进去,关上了屋门。

九点钟,我们打算上床睡觉——母亲已经拿起了煤油灯——这时我们清清楚楚地听见,庭院入口处那扇大门响起了两声重重的捶击。米莉放下了灯,而我们站在那儿竖起了耳朵。

要弄清楚那是怎么回事,就得举着灯走到外头风雪里去,而我们在院子里只怕是连一半的路还没走到那盏灯就会给吹灭了,说不定是连灯罩都会被刮碎的。片刻间不再有声音了,而父亲说道:"可能这只是……"这时就在餐室的窗户底下,而那扇窗子,正如我说过的那样,对着那条车站公路——响起了一记尖厉、拖长的叫声,连教堂那么远的地方都能听见了。即刻有喊叫声在窗外随之响起,而那些个入侵者一定是攀上了那儿的外墙支架。他们尖声叫嚷:

"把他交出来！把他交出来！"

这叫嚷声让场院另一端的一帮人接了过去，而那些人一定是从老马丁的田地里摸过来，从把它跟我们操场隔开的那堵围墙上翻进来的。

接着便从四面八方响起陌生的或是伪装的嗓音，依次有八到十条嗓子，不停地号叫："把他交出来！"喊叫声来自仓房的屋顶，从堆叠在外墙边的木柴垛上可以爬到那个地方；来自顶棚与大门之间的那堵矮墙，那圆溜溜的墙头便于叉开腿坐在上面；来自车站公路边的那堵围墙，可以从那道铁门攀援上去……而为了形成合围之势，迟到的援军进了院子，大喊大叫地给这个主题加入一段海盗的变奏：

"攻上敌船！攻上敌船！"

眼下鼓噪声在那些空空的教室里发出呼应，那儿的窗子被强行打开了。

莫纳和我对这片杂乱建筑中的每一个迂回曲折之处和每一个有利地形都非常熟悉，因此我们可以像在地图上那样推断出无名袭击者的每一个步骤。

而就这一点来说，我们只在最初感到诧异的那一刻才稍有些惊慌。听到那声尖啸，我们四个人便立刻得出相同的结论：我们免不了要受那伙打家劫舍的人攻击了。正巧是有那么一个匪徒模样的人，还有一个头上打着绷带的小青年，他们的大篷车在教堂后面的广场上驻扎下来，而他们在村子里游来荡去，至少有两个礼拜了。其他可疑的角色近来也在周围一带出现，在铁匠铺、轮子修理铺里找活干呢。

可我们一听到袭击者的叫喊声就知道，我们要对付的是本地人，或者多半只是一些青少年。事实上，从尖声尖气的嗓门中听得出来，那是一些年幼的男孩子夹在海盗当中，朝我们的房子四面蜂拥而来，仿佛这是大海里的一艘船似的。

"好吧，我会……"父亲开始说话了，而米莉打断话头说道：

"到底会怎么样呢？"

蓦然间，在大门口，在围墙上，接着是在窗外，喊叫声中止了。就在窗框外边，我们听到另外两声呼哨。从仓房屋顶和园子里传来的嚷嚷声变得微弱下来，终于听不见了。而此刻我们可以听见逃跑的军队从餐室墙外经过时那种发闷的声音，他们靴子的噔噔声在雪地上减弱了。

显然是有人打搅了他们。在夜晚的这个时候，当诚实正派的人卧床就寝时，他们对村子边缘一座孤零零的房子发动袭击，是不希望受到搅扰的。可是出了点岔子……

我们几乎还没来得及镇定下来——因为他们是像组织有方的海盗团伙那样偷偷靠近的——这时，正当我们要去调查一下时，听到有个熟悉友善的声音在街上叫唤：

"索莱尔先生！索莱尔先生！"

是帕斯基埃先生，那个屠夫。进门之前，这个胖胖的小个子刮了刮木屐，抖落罩衫上的雪片。接着便用那种不无风险地揭穿一桩阴谋的人的狡黠神气，说了起来：

"我正巧在外头院子里，对着四路口的那个院子。我刚要把山羊棚子关上。猛然间，你知道我在那边雪地上看到什么了？两个高高的家伙，要不就像哨兵那样站在那儿，要不就是在守望着什么。他们就站在十字架的旁边。我走近一点。还没走上两步，这时——我的妈呀！他们闪身朝你们这边跑过来了，因此我就顾不上耽搁了。我拿上提灯，对自己说道：'我得赶紧过去告诉索莱尔先生。'……"

停下来喘口气，接着便从他的故事开始的地方讲下去：

"我在那儿，在外头院子里，屋子后面的院子……"

我们递给他一杯利口酒打断他话头，他接过了酒杯。我们便对他提出了质问，要求他提供他所无法提供的细节。

他在来我们家的路上没见过什么不寻常的事。那支军队，收到那两个被他吓了一跳的哨兵的警报，只是逐渐散去了。至于那两位的身份，他只能做出猜测：

"可能是那两个江湖艺人吧。有个把月了，他们在广场上晃来晃去，等着天气放晴，那样就可以演戏了……不知道是在搞什么勾当……"

这么说对我们帮助不大，我们站在那儿一脸茫然，而帕斯基埃先生呷着利口酒，重新开始讲他的故事，手势多，事实少。而到那时为止都在用心听讲的莫纳，当下抄起屠夫的提灯，朝门口冲去。

"我们马上就会查清楚的。"他说道。

我们跟在他后面：索莱尔先生，帕斯基埃先生，还有我。

那伙打家劫舍的人离去了，让米莉安下心来，而她跟所有喜欢挑剔、有条不紊的人一样，少了那么一点好奇心。在我们离开时，她嚷嚷道：

"好吧，你们要去就去吧。可别忘了把门关上，带上钥匙。我可要上床睡觉去了。我会让灯点在那儿的。"

第二章 伏击

在死一般的寂静中,我们冒着风雪出发了。莫纳走在头里,那盏遮光提灯在他前方投出一束扇形的光芒……可我们几乎还没有走出大门,这时从我们操场围墙侧翼的镇公所的台秤后方,两个戴风帽的人影便像受惊的山鹑那样急忙跑开了。不管是否作为一种挑战,或者不管是否全然着迷于他们那种奇怪游戏的兴奋以及怕被抓住的畏惧心理,反正他们是回头朝我们扔出几句冷言冷语,便拔脚逃窜了。

莫纳将提灯丢在雪地里,说道:

"跟我来,弗朗索瓦!"

我们全速奔跑起来,将两个年长而不够敏捷的男人甩在了身后,追赶那两个人影,而他们在旧板子路那条小巷旁边的村子下方稍作迂回，然后便不慌不忙地朝教堂这边转悠回来。他们跑得鬼鬼祟祟，并不是太快，我们无须费力就能将他们保持在视线范围内。他们从教堂路横穿过去，而那儿全都在沉睡，接着便冲进坟地后方那片小街和死胡同组成的迷宫中。

这个地区，叫作"畸角"，居民多半是些日工、织布工和裁缝。我们对它不是很熟悉，从未在夜里去过那儿。白天是一片荒凉——工匠出工去了，织布工关在户内——夜里更是如此；而在深深的寂静中，那儿显得比村里其他地方睡得更熟。这种地方要让人必要时出面帮我们一把，更是不太可能了。

那些小街在小盒子般的房屋中间蜿蜒穿行，而房屋好像是偶然坐落在那里似的，其中只有一条街我是熟悉的，就是通往我们认识的那个哑女裁缝家的那条。首先得走下一段四处铺着大石板的相当陡峭的斜坡，接着走过两三个曲里拐弯的地方，经过空闲的马厩和纺织工的院落，最后便到达一条宽大的死胡同，它被一座久已废弃的农场封堵住了。造访那个哑女时，她和我母亲展开一场无声的对话，她的手指扭动着，喑哑无言中偶尔冒出几声细弱的叫喊，而我坐在她家的窗边，视线越过农场的高墙，俯瞰墙外伸展开去的那片野地。农家场院的入口处让一扇始终关闭的门封住了。那个院子里连一捆稻草也没有，更不用说是任何标志着生命的东西了……

他们恰恰是沿着这条路线在引导我们的追逐。每一个拐弯处，我们都担心追捕的对象会将我们摆脱，可让我惊讶的是，不管什么时候他们拐进一条小街，我们总是能在他们踅入下一条小街之前看见他们。我说"让我惊讶"，是因为这些隘路实在太短了，如果他们真的想要甩掉我们，那是非常容易做到的。

最后，他们笔直跑进了我们那个裁缝住着的街道，而我冲着莫纳大声叫喊：

"我们把他们逼上绝路了——那是条死胡同。"

然而，是他们把我们逼上绝路了……不慌不忙地把我们带到一个颇合他们心意的地方。到达那堵墙，他们便转过身来面对我们，其中一个"嘘"地发了个信号，而这种嘤哨声我们在那天黄昏前听到过两次了。

即刻便有一帮小家伙，大概是十个左右，从那座荒废的农家场院里冒出来，而他们一定是匍匐在那儿等候着的。他们用围脖裹住了面孔，扯起短斗篷上的风帽……

是多余的防备，因为我们已经知道他们是谁了。再说，我们丝毫都没有要去索莱尔先生那儿搬弄是非的意思；这件事情只和我们相关。在场的有德鲁什、丹尼斯、吉洛达特——事实上是整个帮派都在。我们是从那些人打架的样子，从他们哼哼唧唧以及口沫横飞的咕哝声中把他们给认出来的。可是目前的局势中有一个因素叫人不安——连莫纳似乎也因此而慌了手脚。这伙人中有一个我们不认识，而他才似乎是头儿……

他本人并没有碰一下莫纳；他照看着手下的士兵，而就这一点来说，他们的日子可不好过，在合力围攻我那个子高高、穷于应付的伙伴时，他们在雪地上被拖来拖去，衣服被扯碎了。其中的两个特别挑选了我，而尽管我使出浑身力气作战，最终他们还是把我给摁住了，让我蹲下身去动弹不得，膝盖弯着，手腕被扣在背后，因此我就无能为力了，只好注视着这场恶战，心里既惊恐又非常好奇。

莫纳让四个拽住他罩衫不放的同班同学控制住了。可他将身子猛地一扭，晃得他们踉踉跄跄摔倒在雪地上……与此同时，那位不知名的要员在袖手旁观，用冷静专注的目光追踪每一个动作，朗声发布命令：

"对了！……别怕……接着来……"然后是英语，"Go on, my boys!……"

显然，他是全权发号施令的那个人……他是从哪里来的？是在什么地方训练他们作战的？用了什么方法？这对我们来说是个不解之谜。他也像别人那样用围脖裹住面孔，可当莫纳暂时腾出手脚，朝他逼近时，他为了防身而做的动作却将某个白花花的东西露出了一道边，看起来好像是他的脑袋上缠着的一条绷带……

就在这个当口，我突然大叫起来：

"莫纳！当心！背后有人！"

他的后背倚着那道将农家场院入口处封住的栅栏，还没等他回转身来，一个埋伏在院子里的长腿大汉，悄悄地用一条围巾套住他的脖子，把他的脑袋猛地向后拉过去。被扔到雪地里的那四个打手立刻又冲了过来，死死地摁住他的胳膊和腿。接着，他们便用绳子绑住他的手腕，用某个人的围脖将他的脚脖子捆了起来……头上打着绷带的青年开始搜查我朋友的口袋，而另外那个陌生人，手上拿着套索的那个人，点燃一截蜡烛头，用手拢住火焰。那个年轻的头目借着烛光仔细查看他找到的每一张纸片，而他终于打开了那张写满批注的草图，莫纳回来后一直在下工夫的那张图纸。

"就是这个！"他得意地叫喊道，"这是我们的地图！

这是我们的指南！我们很快就能弄明白，这位绅士是否去过我认为他去过的那个地方……"

他的同党将蜡烛吹灭了。他的部下捡起了自己的帽子和皮带，便像他们到来时那样，悄无声息地散去了。留下我一个人给我的伙伴松绑，动作尽可能麻利。

"靠那张地图他是走不远的。"莫纳说道，站起身来。

我们转身回家去，慢吞吞地走着，因为他一瘸一拐的。

在教堂路上，我们遇到索莱尔先生和帕斯基埃先生。

"你们什么都没见到吗？"父亲说道，"我们也什么都没见到。"

幸亏是漆黑一片，他们也就无从留意到我们那一副衣衫凌乱的样子了。

于是那位屠夫便告辞了，而索莱尔先生抓紧时间上床就寝。

可我们俩，用米莉留给我们的那盏灯上了我们的房间，却在灯光下缝补撕破的罩衫，一直弄到深更半夜，并且压低嗓门复议所有发生的事，像是战友在吃了败仗的那一天之后……

第三章　校园里的流浪汉

次日早晨起床是一桩叫人痛苦的差事。八点半，索莱尔先生示意大家进教室，我们正好气喘吁吁地赶到，由于迟到的缘故，便准备随便找个地方插队。大莫纳平时总是排在队伍前面，是第一个通过检查的人，而我们则操着课本、笔记簿和铅笔盒挤挤搡搡地等候着。

他们在队伍中间给我们腾出位置，全都显得那么爽快，好像是有什么默契似的，这让我觉得惊讶，而让我们在门口耽搁了片刻的老师，他在检查莫纳，这时我便朝站在左右两旁的宿敌的脸上贸然张望。

首先引起我注意的敌人，就是那个让我考虑了好几个小时的人，而且肯定是这种场合里我最不想见到的人。再说，他出现在了一向为莫纳所占据的那个排头位子上，倚着门柱，肩膀用背包垫着，一只脚搁在石阶上。他长着一张俊美的面孔，非常苍白，有几颗淡淡的雀斑，而他用那种混合着好奇、逗乐和屈尊俯就的神色，在细细打量着我们。他的脑袋和半个脸孔都裹在白色纱布里。我认出来这是那伙人的头目，前一天晚上抢劫了我们的那个流浪青年。

可点名结束了，我们便走到自己的座位上去。那个新来的学生坐在天花板支柱旁的长条凳的左边，而长凳的最右端是莫纳的位子。吉洛达特、德鲁什和其他三个坐头排长凳的同学，都挤作一团给他腾出位子，好像事先都安排好了似的……

在冬季，我们经常会有这些迷途的学生：困在冰冻运河里的驳船上的年轻人啦，做学徒的人啦，被大雪封阻的旅人啦。他们会在班里待上几天、一个月，一般不会再长了……他们一时间成为好奇心的对象，不久便找到他们相称的位子而不再引起注意了。

但是这一个可没那么快就被忘掉的。我现在仍可以看见这个奇物，还有他装在背包里带来的所有那些奇奇怪怪的宝贝。首先是那种有"图画"的笔杆，他是在准备记听写时拿出来的：只要眯起一只眼睛，透过柄上的小孔往里瞧，就能看见放大却有些模糊的景观，卢尔德大教堂啦，或是某座不太熟悉的纪念碑啦。他给他自己挑了一支，剩下的就转手传递下去。接着又取出一个中国铅笔盒，里头装有圆规和其他稀奇古怪的器具。这个也是依次传递下去，悄悄地转手移动，并且用练习簿将手遮住，这样索莱尔先生就看不见了。

接着是一套簇新的书籍，我是通过对我们图书馆那些珍本的热切询问才知道那些书的名称：一本是讲黑鹏鸟的，另一本是讲海鸥的，还有一本叫作《我的朋友贝诺伊斯特》……这些书，不管是从哪里来的，可能是偷来的吧，让那些男孩子在细细研究着，他们用一只手把它们放在膝盖上，用另一只手记下听写。有个小伙子拿圆规在课桌里头画圆圈。其他的人，趁老师来回踱步报听写并且转过身去的当口，便将一只眼闭住，将另一只眼贴在灰绿而多斑的巴黎圣母院的景观上面。那个新来的学生，手里拿着钢笔，侧脸精美的轮廓让灰色的柱子勾勒出来，偶尔会对这些偷偷摸摸的举动递个默许的眼色。

可不安的感觉在教室里逐渐蔓延。因为那些玩意儿，有条不紊地传递，依次传到大莫纳的手中，而他却把它们统统撂下，甚至都懒得看上一眼。没过多久他的桌上就有了一堆东西，形形色色，正如寓言壁画里看到的名叫"科学"的妇女，她脚下的那一堆集锦。即便是索莱尔先生也不能不注意到这样一个惹眼的展览，发现是怎么一回事了。此外，他想必是在盘算着要对前一天晚上发生的事件进行调查。流浪汉的出现会让他省事了……

果然是过了没多久，他在莫纳的课桌前突然停了下来。

食指扣住书页，冲着那些离奇的展品挥舞手里的书本，他询问道："这些东西都是谁的？"

"我不知道。"莫纳头也不抬地咕哝道。

那个新来的人立刻大声说道：

"是我的。"

但是他做了一个谦恭而优雅的手势，让老先生大大消解了怒气，并立即补充道："这些东西全都听候您的处置，先生，要是您想检查一下的话。"

几秒钟内，全班同学都偷偷走过来，簇拥在老师身边，但都轻手轻脚，免得破坏了这种刚刚出现的令人愉快的气氛，而老师的那颗有秃斑的鬈发脑袋俯在那堆奇珍异品上面，那个脸色惨白的年轻陌生人，则对那些东西的用途和优点加以冷静说明，显得颇为自得。

大莫纳坐着没有动。在茕茕孤立中，草稿本在面前打开，眉头蹙起，他在苦苦思索着一道难题。

到了早晨课间休息时，我们仍全神贯注于这一切。听写不了了之，所有装模作样的功课也都丢下了。整个早晨到现在为止其实都是在玩耍来着。此外，十点半我们纵身跃入暗淡泥泞的院子时，明显看到，我们有了一个做游戏的新主人。

从那时起的许多娱乐项目我们都是受惠于那个流浪汉学生，而所有项目中我记得最清楚的是那个最野蛮的游戏：小男孩充当骑士骑在个头最大的男孩肩膀上的一种锦标赛。分成两队人马，在院子两边列阵，一声令下便发起冲锋，每个骑士都设法通过猛烈冲击将对手掀下马背。由于没有武器，骑士便用他们的围脖当套索，用他们的手臂当长矛。有些骑士，横跨一步避开突击，失去了平衡，张开手脚跌进烂泥地里，马儿压在骑手身上。另外有些骑士，从马儿的脖子上滑落下来，被他们自己的坐骑拽回鞍座上，便投入激战。骑在德拉格——长着驴耳朵的红发小巨人——身上的是那个头裹绷带的苗条骑士，笑哈哈地揎掇对方的人马，极为灵巧地驾驭着他自己的坐骑。

奥古斯丁仍是不大痛快，站在门口看热闹，两手插在口袋里。我站在他旁边，踌躇不前。

"他是够狡猾的啊，"他咕哝道，"次日早晨就在这儿露面！用这一招来摆脱嫌疑，而索莱尔先生上了当。"

他站了一段时间，平头裸露在风中，对眼下指挥这场屠杀的这个江湖骗子感到怒不可遏，他所屠戮的正是他最近刚刚召集起来的那支部队。而作为那种温顺的男孩，我只能赞同他的意见了。

即便是在院子偏僻的角落，或是在战场的边缘地带，那些矮小的孩子也都是一个骑在另一个身上，踉踉跄跄地在那儿打转，甚至还没有受到攻击便摔倒在地……不久就只有那些仍有战斗力的马儿在操场中央形成一个团团乱转的旋涡了，而在混战的人群之上可以瞥见那个头目白花花的绷带。

大莫纳终于抵挡不住了。他弯下腰，两手放在大腿上，转过头来对我说：

"来呀，弗朗索瓦！"

我愣了一下，可还是欣然爬上他的肩膀，然后我们便投入了战斗。绝大多数残存的战斗人员随即大喊大叫地惊慌逃窜：

"当心，兄弟们，莫纳来啦……是大莫纳！"

莫纳转起圈来，朝那些落在后面的人逼过去，一边向我发出告诫：

"像我昨晚那样，伸长手臂抓住他们。"

我的热血沸腾起来，怀着必胜的信心向两边伸出手去，用力抓住对手，弄得他们摇来晃去，把他们推落马下，跌进烂泥地里。不一会儿就把他们全都打垮了，只剩下那个新来的人还跨坐在德拉格身上。但是德拉格不太想和莫纳这样孔武有力的对手较量，便突然拱起背脊，将那个苍白的骑士放落在地……他站了片刻，手搭在德拉格肩头，像一个年轻的上尉攥住坐骑的缰绳，目不转睛地看着大莫纳，仿佛是因为惊异而公然表示敬佩似的。

"干得好！"他说道。

但就在那个时候铃声响了，将聚拢在我们周围等着看好戏的人驱散。而奥古斯丁未能将他的敌人打下马来，心里落了空，愤愤然地掉头咕哝道：

"这只是早晚的事儿。"

课堂直到中午都在一种假日前的气氛中进行着，因为有趣的插曲和谈话而变得松快，全都是以那个演员同学为中心的。

他说，到寒流结束前他们都是在广场上宿营，因为演那种没人会来看的戏没有意义。为了打发时间他们做出决定，他应该重返学堂，而他的搭档则照看那些热带的鸟儿和训练有素的山羊。他跟我们讲述他们在附近乡村走街串巷的生活，瓢泼大雨是如何打在大篷车破破烂烂的铅皮车顶上，车子是如何陷在乡间小路上，而他们是如何不得不跳下车来推。教室后排的男孩挪上前来听，那些比较实际的人趁此机会就在炉子旁取暖，可即便是他们，很快也是好奇得向前伸长了脖子倾听，一只手搭在火炉栏上不放，确保不丢失位置。

"那你们靠什么过活呢？"索莱尔先生问道，而他多少有着中学教师那种天真傻气的好奇心，问的问题也越来越多了。

那个年轻人一脸茫然，这个问题他显然没怎么考虑过。

"噢，我想是靠我们秋季的营业收入吧。我把这些都交给甘纳许打理了。"

甘纳许是何许人也，大家都懒得去打听了。可我在心里却看见那个长脚伶仃的匪徒，此人不声不响地摸到莫纳背后，那样卑鄙地让他丧失了战斗力……

第四章　神秘的领地露出端倪

下午时段还有更多消遣提供,而学习又是在草草应付,被许多手底下的活动取而代之。那个流浪汉拿出了新的货色:贝壳啦,游戏啦,歌曲啦——甚至还有一只小猴儿,在他的背包衬套上不停地抓挠……每隔几分钟,索莱尔先生在上课过程中就会突然打住,看看这个捣蛋鬼变出了什么新的奇招……到四点的钟声敲响时,唯一做过题目的那个学生就是莫纳了。

没有人急着要离开了。看来在功课和娱乐之间不再有那条清晰的界线了,而它把我们平凡的校园生活变得简单而有序,一如夜与昼的交替循环。首先是我们把每天例行指派值日生的事情给忘了,这是极不寻常的疏忽。平时四点差十分,我们就会向索莱尔先生报告两个值日生的名字，他们要留下来做大扫除。而我们从来都没有疏于此事，因为这是让当日之事煞尾的方式。

凑巧的是奥古斯丁轮到做值日，而在那天上午我向我们的流浪汉做过说明，他要和莫纳结成对子，因为新来的学生应该在听课的第一天帮助值日生打扫教室的。

莫纳离开片刻，去弄些面包当午后点心。可他回到教室时，却不见我们那位访客的踪影。等到那个人终于露面，跑得上气不接下气，这时天都黑下来了……

遵照莫纳的吩咐我留下来。"等我把他摁住了，"他说道，"你就把他身上的地图拿出来。"

于是我在窗边的一张课桌旁坐下，借着白天的最后几抹光线看书，而他们开始干活了，一声不吭地把长凳移来移去——大莫纳神色凝重，穿着那件背后有三粒纽扣的黑罩衫，皮带系得紧紧的；另一个纤瘦、神经质，头上打着绷带。他穿一件破旧的夹克衫，上面有一些我此前没有注意到的裂口。他干活时投入一种凶猛的热情，火急火燎地把桌子抬起来推过去，嘴上挂着若有若无的微笑。他大概是在玩什么新奇的游戏，而游戏的宗旨只有他自己才知道吧。

他们到了大教室最幽暗的角落，搬动最后那批课桌。

在那个角落，莫纳轻易便可将对手放倒在地，窗外是看不见也听不到的。我不明白他怎么会把这样一个机会放过了。须臾之间敌人就会朝门口走去，他会借口完工而溜走的，我们就再也见不到他了。那张地图，还有莫纳花了这么长时间搜集、核实、记录的所有零碎资料，就会永远丢失了……

我随时都在等候我的伙伴向我打出某个手势，示意我参战；可他的态度却一点都不变。唯一的变化是他会不时用那种颇为古怪、诧异的眼神，盯着那条绷带看，而即便是在渐渐加浓的暮色中，此刻我也能看到绷带上面一大片黑乎乎的污迹。

最后一张课桌放回原处，仍是没有手势。

可他们拿着扫帚走回去，要把门槛旁边最后一块地方打扫干净，这时莫纳没有抬头朝我们的敌人看，却用一种歉疚的语气说道：

"你的绷带在渗血；你的衣服也撕破了。"

那个青年朝他注视片刻，并不是对那种话表示惊讶，而是对他会那么说而深受感动。

"他们设法从我这儿把你的地图拿走。"他说道。"刚才在广场上。当他们听说我要回来帮助打扫卫生时，他们猜我是来跟你讲和的,他们就造反了。可不管他们怎么攻击我,我还是保住了地图。"他用自豪的口气补充道,把那张折叠起来的宝贵纸片交给莫纳。

莫纳慢慢地转过身来,"弗朗索瓦,你听见了吗?他在那儿为我们战斗,还挂了彩,而我们却要给他设圈套哩。"

接着是头一次将他平等相待,他伸出手去,说道:

"你是一个真正的朋友。"

巡回演员握住他的手,片刻间默然无语,深深的激动让他发不出声音。可他那种按捺不住的好奇心很快就让他的舌头动了起来:

"这么说你们是在给我设圈套咯!好笑的是,我猜到就是这么回事,我暗自说道:'到时候他们看见地图,看到我把它给填上了,他们该有多么吃惊啊'……"

"把它给填上了?"

"嗯,不是全部……要知道……"

他那股伶俐的劲头陡然消失了。他朝我们靠拢了一点,而在他向前移动时,语气变得庄重起来,字斟句酌地说道:

"是该告诉你了,莫纳,你去的那个地方,我也去了。我出席了那个不寻常的游园会。这儿的男孩子说你有过某桩奇怪的冒险，我确信它和那片迷失的旧领地有些瓜葛。为了弄清楚，我得要拿到你的地图……但是，跟你一样，我不知道那个大城堡叫什么名字；我都不知道该怎么回到那儿去。我也不知道把你从这儿带到那儿去的完整的路线。"

怀着怎样急不可耐的心情、怎样火烧火燎的好奇心、怎样的友爱之情，我们把他给围了起来！莫纳贪婪地向他提问……在我们看来，只要是用力挤压他，就能从这个新朋友身上把他承认是不知道的那点东西给压榨出来。

"你们会看到的，你们会看到的，"那个青年连声说道，像是觉得气恼并且有些尴尬似的，"我在你们的地图上添了几个缺失的路标……我能做的就是这些了。"

随后，注意到了我们那种热情和赞叹的样子。

"我最好还是警告你们，"他说道，语气尽管颓唐却流露出骄傲，"我跟别的小伙子不一样。三个月前我试图朝我的脑袋开枪。绷带就是这么弄出来的。让人回想起1870年的非战斗人员……"

"可是今晚，"莫纳柔声说道，"你打架时伤口又裂开了。"可这一次他没有感动，却带着一丝虚张声势的语气继续说道：

"我是想去死的。可既然我把它给搞砸了，我就只好为生活中能够获得的乐趣而活下去了，像小孩子那样，像流浪汉那样。我背弃了一切：没有父亲，没有姐姐，没有家，没有心上人……除了偶尔碰上的游戏伙伴，眼下我一无所有。"

"而他们已经让你失望了。"我发表意见道。

"是的，是这样的，"他厉声说道，"原因就在于德鲁什那个家伙。他猜我是要跟你们兄弟俩讲和的。于是他就瓦解我的部下，只不过那个时候我还牢牢掌握着他们。昨天夜里你们自己都看到了——那个海盗团伙！难道那不是一次漂亮的行动吗？从小到大，我还从来没有组织过这么成功的行动呢……"

他沉思片刻，仿佛要打消我们对他的最终幻想似的，便接着说道：

"今晚我要来找你们两个，那只是因为——而这一点今天早上我就意识到了——跟你们在一起要比跟那一整帮人在一起都更好玩的。特别是德鲁什那个蠢驴——才十七岁就想冒充男人！我就是受不了这种事……晚上有没有可能叫他好看？"

"再容易不过了,"莫纳说道,"可你要在这儿待很久吗?"

"我不知道。我很想待在这儿。我实在是太孤单了。除了甘纳许我没有人……"

他那股伶俐的劲头,那种亢奋的活力,又全都褪去了。眼下他似乎陷入绝望了,而那一天当自杀的念头在他心里开始出现时,他必定是被这种绝望的心绪给攫住了。

"做我的朋友吧,"他突然说道,"听我说,我知道你们的秘密,而我对他们所有人都保守了这个秘密。我可以帮你们去寻找那条迷失的路径……"

接着是用一种庄严的语调:

"做我的朋友,为我抵御那样一个日子,当我处在地狱的边缘,像我从前曾经……你们发誓,你们会答复的,当我呼叫时——当我这样呼叫时……"(而他发出一种奇怪的叫声:嚯——呜)……"你,莫纳,你先发誓。"

我们赌咒发誓了,因为,作为小孩子,任何比生活多一点点庄严多一点点严肃的事情都让我们如痴如醉。

"作为回报,这是我能够告诉你们的一件事情:大城堡那个年轻小姐在巴黎的住址,从前她常常在那儿过节假日:复活节,圣灵降临节,六月份,有时是冬季的一段时间……"

就在那一刻，一个声音，一个我们不熟悉的声音，从黑夜的大门口传来：重复好几遍的呼叫。我们猜是那个江湖艺人甘纳许发出的，而他要么是不敢，要么是不知道该如何穿越庭院。那个声音听起来紧迫不安，因为它时而嘹亮，时而轻柔地叫唤：

"嚯——呜……嚯——呜……"

"快点！快点告诉我。"莫纳向那个年轻的游民发出恳求，而那个人打了个哆嗦，已经扣上外套扣子要走了。

他匆匆念出一个巴黎的地址，而我们低声背诵着。随后他便跑掉了，穿过重重阴影去和等在大门口的伙伴会合，让我们的心情陷入一种难以形容的动荡之中。

第五章　穿艾丝巴莉的人

那天晚上，应该说是次日凌晨，因为正好是三点钟左右，亚士曼的母亲起床生火，她的小客栈坐落在村子中央。她那个住在客栈里的小叔子杜马，四点要动身赶路，而她这个可怜的人，右手曾严重烧伤，扭曲得不成样子，急忙到楼下暗沉沉的厨房去煮咖啡。天气很冷。她把围裙边角折起来，兜住引火的柴火，然后在睡衣外面披上一块旧围巾。接着用一只手擎着蜡烛，用另一只手——残废的那只——遮住火苗，便匆匆走进外头塞满板条箱和空瓶子的院子，一路摸到她堆放柴火的那间小屋。这间小屋也是用作鸡舍……可她把门一打开，就有什么东西嗖的一声破空而来：是一条长长的胳膊挥舞着一顶帽子。它将蜡烛扑灭并且将她撂翻在地，而她倒下时才察觉到，有个人从黑暗中森森然浮现出来，慢慢走开去，伴随着一阵狂乱的咯咯喔喔的啼叫。

那个闯入者在麻袋里装走了——可怜的寡妇从地上一爬起来就发现——她养的十来只顶呱呱的家禽。

她尖声叫喊，引得那个小叔子奔跑起来。而他很快便搞清楚了，那个窃贼是用一把万能钥匙进入院子并顺着原路出去的，因为那扇门半开半闭着。而作为那种惯于应付鸡鸣狗盗之徒的人，他即刻点燃一盏马车灯，然后一手提着这盏灯，一手端着装有弹药的枪，他沿着窃贼的脚印动身追赶。脚印模模糊糊的，他据此得出结论，那个人穿着一双鞋底用绳索编结的帆布便鞋——艾丝巴莉。可他沿着足迹却能够一直追到车站公路那道封锁草场的篱栅前，然后脚印就不见了。不得不放弃这条线索，他抬头仰望，一动不动地站着……只听见远处，但就在同一条路上，有某辆车子正飞快驶离，总之，是在逃跑……

与此同时，亚士曼起了床，伸手去拿短斗篷，穿着拖鞋跑到外面去察看附近的情况。沉睡的村庄陷于曙光前的死寂。跑到四岔路口时他听见，像他叔叔听见的那样，远处里奥德山山脚下有车轮子滚动和马蹄敲击的声音。他是那种即便一个人也忍不住要吹嘘的狡猾家伙,当时便暗自说道,次日对我们说道,用蒙吕松郊区那种让人受不了的口音,"r"发成卷舌音:

"那伙人沿着车站公路逃掉了,可只要我飞快跑到村子另一头,这也就没啥可吃惊的了。"

在夜晚深沉的寂静中,他转身朝教堂进发。

他来到广场,看见大篷车里亮着灯火,好像是有人病了似的。他走过去探听,这时一个人影从"畸角"那边跑过来,脚穿艾丝巴莉,迅疾无声,目不旁视,在大篷车的踏级前停住脚步,大口喘着气。

亚士曼认出那个人影是甘纳许,便突地向前跨入那个小小的光圈,悄声问道:

"怎么了?出什么事了?"

形容枯槁、衣衫不整、嘴里没牙的甘纳许,惶恐不安地朝他凝视片刻,这才气喘吁吁地说道:

"是我那伙伴。他情况不好……昨天晚上他跟人打架,弄得他头上的血又流了出来。我去把护理员叫过来……"

事实上,当亚士曼·德鲁什走回家去,好奇心不断受到折磨时,他确实碰见一个慈善姐妹会的修女嬷嬷沿着村里的大街匆匆赶路呢。

天亮时分，圣·阿戈特的好几个居民出现在自家大门口，有着度过无眠之夜的人那种呆滞而浮肿的眼睛。从他们每个人嘴里发出的义愤填膺的呼号，像一串火药撒遍了村子。

在吉洛达特家，大约凌晨两点，两个单独睡在房子里的女人被一辆停在她们窗户底下的单人马车吵醒了，有人从窗户里匆匆抛进几包东西，软绵绵地砸在地上。她们吓得动弹不得。可是早晨到后院稍作检查便查明情况，那几包东西是兔子和家禽……米莉，上午休息期间，在洗衣房外头发现几根烧了一半的火柴，推断出打劫的人得到的是错误情报，不了解我们场院的地形，未能找到破门而入的办法……在珀罗家，在布亚东家，在克莱芒家，他们的猪也失踪了。可是将近中午时分，那些四足动物全都聚拢在各个园子里，安安静静地在葛苣地里拱食，由于门户大开的诱惑而尽情享受了一场夜游……几乎每个地方都有家禽失窃，但是没有丢失别的东西。皮尼奥夫人，她开面包店，但没有养鸡，却长时间地大声抱怨，说是被抢走了一根洗衣大槌和一磅蓝色染剂，但这个失窃案例根本就没有得到验证，没有记录在正式报告里……

这阵狂乱、惊慌、絮叨的微风持续吹了一上午。在班里面，亚士曼讲述他的夜间历险：

"他们确实是诡计多端，"他总结道，"可要是我叔叔撞见他们当中的一个的话，正如他自己所说，就会像打一只兔子那样一枪就把他给撂倒了。"

接着，朝我们这边瞟上一眼：

"幸亏他没有撞见甘纳许；他会朝他开上一枪而根本不放在心上的。他们全都一个样，那伙暴民。"他说道。而德塞尼也这么说。

然而，我们的新朋友却并没有受到打扰。只是在次日傍晚，亚士曼才向他叔叔指出，甘纳许和那个窃贼一样穿着艾丝巴莉四处走动。他们一致认为，这种巧合现象值得引起警方的注意。于是便做出决定，一旦有了时间，他们就会秘密走访州政府所在地，亲自向警察局长提供线索。

接下来的日子里，没有迹象表明那个年轻人脑袋上的伤口又裂开过了。

黄昏时分，我们在教堂广场上四处闲逛，即便只是为了看一眼大篷车红帘子后面亮着的灯光。我们在那儿焦躁不安地徘徊，却不敢靠近车轮上的那幢小破房子，对我们来说，它代表着那片领地的一个神秘入口，而我们是找不到接近领地的其他途径了。

第六章　帷幕后的争吵

怀着如此多的纷扰、如此多的忧虑，我们几乎未留意到三月来临，捎来一股新鲜柔和的气息。可在这些事情发生后的第三天早晨，当我走到院子里时，我却蓦然意识到春天来了。一阵怡人的微风，和煦如温暖的水流，漫过围墙。夜间的丝丝细雨将芍药花的叶片洗得发亮；园子里刚掘过的畦垄散发出几乎品尝得到的泥土气味；而靠近窗边的一棵树上，一只鸟儿栖落在枝叶间正设法学习音乐……

上午休息期间莫纳提议道，该去尝试那条路线了，照那个流浪汉同学在我们地图上添加的指示。我能做的就是劝他再等一等，等到又见到我们那个朋友，或者至少等到天气更加稳定，等到圣·阿戈特的李树开满花的时候。倚靠在矮墙上，光裸着脑袋，手插在口袋里，我们讨论着这件事情，而吹来的风有一刻让我们浑身起鸡皮疙瘩，未料下一股气流温暖的抚触竟让我们身心舒缓，激起生命沉睡的热情。哦，兄弟，同志，漫游者啊！我们是何其确信那种欢愉触手可及，而要如愿以偿，只须迈开脚步踏上那条小路……

午饭吃到一半时，听到一阵咚咚响的鼓声，我们便跑了出去，手里抓着餐巾，站在小院门外的台阶上。那是甘纳许，在四岔路口宣布说，"多亏天气好"，晚上八点钟要在教堂前面的空地上举办一场正式演出。但是为了防备"各种意外情况"，会搭起一个帐篷。接着他便宣读一份长长的精彩的节目单，可他的话多半是让风给淹没了，而我们的耳朵刮到这么几句："童话剧……歌曲……骑士幻想曲……"每宣读一条都有鼓夹进来咚咚敲上一通。

晚餐期间，这喧天的鼓声在我们窗户底下经过，弄得窗玻璃砰砰震动，提醒大家节目要开演了。人们很快便从郊外哩哩啦啦地涌入村子；他们三三两两朝教堂一路走去，我们听得见他们经过时嗡嗡的谈话声。而我们呢，我们两个只好坐在那里把晚饭吃完，心里又气又急。

终于，九点光景，我们听见小门外靴子的刮擦声和强忍住的笑声；那帮女教师来和我们会合。我们一行人便在黑暗中出发，向演出的地点走去。远远地，我们看见教堂的墙壁像是被一堆篝火照亮了似的。那摇曳的灯光来自两盏悬挂在帐篷入口处的气压灯……

帐篷内，长凳垒成了马戏团的那种阶梯座位。索莱尔先生、女教师们、莫纳和我在底下一排找到位子。虽然它肯定是一块很小的圈占地，可在我记忆中它却和真正的马戏场地一样大，宽阔而昏暗的区域坐满看客，我在他们中间看见皮尼奥夫人，那个面包师的女人，还有开杂货铺的费尔南德、村里的姑娘们、铁匠铺里干活的人、头面人物的太太、孩子们、乡下人——成群结队……

节目演了一半以上了。一头小母山羊正在场子里头表演，先是乖乖地用脚踩在四只玻璃杯上，然后踩两只，最后踩一只。是甘纳许在让她经受考验，用轻轻敲击的指挥棒逗引着她。他不停地朝我们这边张望，显得心神不安，两眼黯淡无神，嘴角松弛。

将场子和大篷车隔断的那道帷幕，两侧放着另外两盏照明灯，近旁有一只高脚凳，凳子上坐着马戏团领班——那是我们的朋友。他穿着优雅的黑色紧身衣，头上打着绷带。

我们刚刚落座，一匹小马驹便披戴着喜气洋洋的装饰慢跑入场，在那个负伤的年轻人的指引下跑了两三圈。每一次命令它指示观众席上最和蔼可亲或最勇敢的成员，小马驹一定会在我们这一群中的某个人面前停住脚步。但无论何时要它指出最虚假、最小气或最好色的现场观众，它都挑选皮尼奥夫人……这将她的随行人员逗得乐不可支，引起齐声叫喊和一种类似于鹅群受到长毛狗骚扰而发出的呱呱呱的叫声……

幕间休息时，马戏团领班过来和索莱尔先生聊上片刻，而要是塔尔摩或利奥塔在和他说话，他也未必会更加受宠若惊了。至于我们，我们每一个字都听进去了，听他谈起他的伤口——现在愈合了；听他谈起这场演出——是冬季漫长的几个月里排练的；听他谈起他们的旅居——延长到这个月的月底，因为他们还有好几个精彩的保留节目要加演。

本次演出将以一出哑剧收场。

幕间休息快结束时，我们的朋友离开了我们。他得要穿过场地才能走到大篷车那儿去，而眼下场地里闲站着成群结队的人，他们中间有亚士曼·德鲁什，他是忽然走进来的，带着刚旅行归来的人的神气。妇女和姑娘纷纷给这个纤瘦的黑衣人让道：他的演出服，他的负伤，他姿态中某种古怪的勇敢迷住了她们每一个人。与此同时，亚士曼正忙于和皮尼奥夫人轻快地交谈，对她悄声说话，虽说人们感到水手的红绒球、蓝衣领和钟形纽扣的裤子会更合她的口味。亚士曼将大拇指插在夹克衫翻领下面，站在那儿显得极为自负，可又显得极不痛快。当马戏团领班从人群中间经过时，亚士曼对皮尼奥夫人说了几句居心不良的话，那些话我是听不见的，但声音大到足以让我们的朋友听见，毫无疑问是故意要让人觉得受到侮辱、挑衅或威胁。那些话一定是不仅听起来严重，而且是出乎意料，因为那个年轻人转身瞪大眼睛，而亚士曼摆出一副虚张声势的样子，咧开嘴笑，用肘子轻推身旁的人，好像是要确定有支援似的……这整个过程发生在几秒钟内，而我恐怕是我们凳子上唯一注意到的人了。

马戏团领班掉转头，走到那道遮住大篷车入口的帷幕后面。最后一幕应该要开始了。人们回到自己座位上；喋喋不休的谈话声减弱下来。可当现场重新变得鸦雀无声，只剩下个别的低声交谈时，从帷幕后面却爆发出一阵激烈的争吵。我们听不清在说些什么，但是听得出那两个声音：高个子的声音是在解释，替自己辩解，而年轻人的声音是在训斥，愤怒但却气馁：

"可是你这个傻瓜,你为什么不告诉我呢?……"

我们再也听不到什么了,尽管人人都使劲竖起了耳朵。接着声音降低下来,而口角在悄声继续着,直到坐在上面几排的男孩子跺着脚嚷嚷起来为止:

"上场!上场!拉幕……"

第七章　绷带拆除了

终于露出一张脸——零零星星粘着黑色封糊纸、布满皱纹的雪白的脸；时而欣然咧嘴而笑，时而愀然拉长的脸——然后是一个高高的皮埃罗悄然出现，像是某个随时都会散架的人体活动模型，弯腰曲背仿佛是腹绞痛发作似的；踮起脚尖走路仿佛是害怕未知的危险似的，两手缠在袖子里，袖子在地上扫动。

即便当时知道他的哑剧应该是演一个什么样的故事，现在我也还是不甚了然的。我只记得，他刚入场，尽管是拼命要站稳脚跟，还是摔倒在地了。刚起身便又倒下了——一遍又一遍。椅子不停地挡在他的道上，同时有四把椅子。有一次他倒下时还把带进场地的那张大桌子给翻倒了。最后他摊开手脚躺在了观众的脚边。两个临时演员，好不容易从观众席上选拔出来，攥住他的脚将他拖动，费了很大力气才把他搀扶起来。每一次倒下他都要轻轻叫唤一声，没有哪一次是叫得一模一样的，可那一声轻轻的叫喊总是可怜巴巴的，显得既悲苦又自鸣得意。高潮到来时，他在椅子堆叠起来的脚手架上，从一个很高的地方慢慢滚落下来，发出一声拉长的惨叫，混合着胜利与绝望，引起妇女们的一片惊呼。

童话剧的第二场中，那个"站不起来的可怜的皮埃罗"是从他袖子里掏出来的——记不清是怎么一回事了——一个塞满秕糠的小娃娃，和他搭档上演一幕悲喜剧。这出戏是以娃娃体内的填充物全都呕吐出来而告终的。接着，伴随着强忍住的悲苦叹息，他便用某种看似麦片粥一样的东西给她的身体重新装填，而在最为紧张的时刻，人人都张开嘴巴紧盯着可怜的皮埃罗为之悲悼的那个黏糊糊的倒霉角色，这时他冷不防攥住她的胳膊，朝亚士曼·德鲁什的脑袋笔直扔过去，而那玩意儿嗖地从他耳边擦过，刚好打在皮尼奥夫人的下巴底下，扑通一声弹跳起来。这位好太太尖叫一声，身子猛地往后一挫，旁边坐着的那些人如法炮制，结果把长凳给翻倒了，面包师的老婆、伤心寡妇德鲁什、费尔南德以及其他二十个人向后倒去，他们的腿跷在半空中，伴随一片哄笑、欢呼和掌声。与此同时，那个高高的小丑从地上站起来，深深鞠了一躬，便说道：

"女士们，先生们，我们荣幸地对你们表示感谢！"

正是在这个时刻，在一片喧哗声中，自始至终都默默地沉浸在剧情中的大莫纳一跃而起，抓住我的胳膊，指着那个马戏团领班嚷嚷道：

"看！你看看他！我知道他是谁了！哎呀，自然就是他了……"

即使不看我也猜到了，仿佛是那个念头在我心里孵化已久，只需轻轻一啄便能破壳而出似的。那个年轻的外乡人眼下站在帷幕旁的一盏照明灯边上，裹着一件长斗篷，头上的绷带拆除了。在烟雾蒸腾的灯光中，像以前在大城堡房间的昏暗的烛光下一样，那个侧影勾勒了出来：鹰隼般纤巧的面容，没留胡须。面色苍白，嘴唇张开，他在匆匆翻阅一本小小的红色集邮册，可能是一本袖珍的地图册。除了在浓密的头发遮住的太阳穴上穿过的那道伤疤，他的每一个细部特征与大莫纳向我描述过的那个伤心无告的情人都是吻合的。

毫无疑问，他拆除了绷带是要让我们把他认出来。可是莫纳刚发出叫喊，那个年轻人就消失在大篷车里了，虽说并非没有朝我们投来那种默许的眼色和笑容：那笑容含着一丝我们所熟悉的悲哀。

"还有另外那个人！"莫纳惊呼道："我怎么当场没有把他给认出来呢！他自然就是游园会上的皮埃罗了……"

他开始奋力挤向甘纳许，可后者已经将场地的开口堵上了。那四盏照明灯，一盏接一盏地熄灭，而我们急得直跺脚，不得不跟在人群后面，他们在昏暗的光线里顺着长凳之间狭窄的通道慢慢地移动着。

我们一到帐篷外面，莫纳便反身朝大篷车冲去，登上踏级，咚咚敲门。可是门锁上了。看来，大篷车的红帘子后面的那两个演员——还有躲在它们自身某个庇护所里的山羊、小马驹和会说话的鸟儿——已经安定下来过夜，并且是睡着了。

第八章　警察！

　　没有办法，只好加入穿过漆黑的街道朝校舍走去的那群人。事情终于都水落石出了：游园会最后一夜莫纳在林子边缘看见的那个高高的鬼影是甘纳许，而他照料着那个绝望的青年，和他一起离去了。弗朗茨·德·加莱接受了这种带有危险、奇遇和娱乐的游牧生活——仿佛是他的童年重新开始了……

　　如果说他迄今为止都对我们隐瞒身份，装作不知道去往领地的路，那无疑是因为害怕不得不回家去。可事情要是这样的话，为什么他今晚却突然决定要让我们猜破真相呢？……

　　随着人群在村子里慢慢散去，大莫纳心里酝酿着好多个方案。次日是星期四，而他决定早晨一起来就去见弗朗茨。随后他们两个就会一起踏着泥泞的道路出发，而那将是何等神奇的一段旅程啊！弗朗茨会解释一切；那个不解之谜的点点滴滴的空缺都会被填上；而那场奇遇就会在它中断的地方继续下去……

至于我，走在黑暗中我有满腹的话儿想要诉说。那么多的支流正涌入幸福的宽广小河：从等候着我们的自由的星期四那种轻微的快乐，回溯我们刚刚获得的巨大发现，接着又展望它所隐含的种种妙不可言的机遇。而我记得，在这一连串心胸宽广的时刻，我是如何不由自主地把手伸给那个公证人的最缺乏吸引力的女儿的，而我有时不得不把胳膊交给那个姑娘，多半是违心的。

苦涩的记忆！夭折的希望……

次日早上八点钟，我们的靴子刷得锃亮，皮带上的扣子擦得闪闪发光，我们最好的帽子戴在头上，我们走进教堂前的那片空地。莫纳，他每次朝我看时都竭力将微笑忍住，这时发出了一声刺耳的惊叫，迎面朝着空荡荡的广场飞奔过去……那个支着帐篷并停着马车的地方，什么都见不到，只有一个破罐子和一堆碎布头。那些江湖艺人不见了……

那轻轻吹拂的微风似乎让我们感到寒冷。广场上的石头和车辙似乎竭力在给我们挑错。莫纳心乱如麻,像是要沿着去旧南赛的路拔脚狂奔似的,接着转念一想,便朝圣鲁德布阿奔去。接着他便停住脚步,手搭凉棚张望,霎时间希望我们的朋友才刚刚走掉……但是从哪条路走的呢?广场上有好几条纵横交错的车轮辙迹,它们全都在街道硬邦邦的路面上渐渐消退了。我们无助地站立着。

随后,在这个星期四假日的清晨,当我们穿过村子慢慢走回去时,四个骑在马上的宪兵,前一天晚上接到德鲁什的密告,正策马进入广场,接着便四下散开,去封锁村里的所有出口,像是在执行一项侦察任务的重骑兵……可他们来得太晚了。家禽小偷甘纳许跑掉了,他的伙伴和他一起跑了。警察一个都没有找到,既没有找到那个小偷,也没有找到那个共犯,他们带着拧断脖子的阉鸡逃之夭夭了。由于亚士曼管不住他的舌头,弗朗茨便得到警告,一定是突然发觉他们的营生败露了,而每当大篷车的钱箱见底时,他们就靠这个营生过活。怀着恼羞成怒的心情,他便详细制定了一条路线,打算在警察到来之前顺利脱身。但是再也没有什么理由害怕被弄回他父亲家里去了,他便想要让我们在他消失之前看见他,看见一个没有绷带做伪装的他。

有个疑窦仍未消除：这同一个人，甘纳许，他怎么可能抢劫了半个村庄并替他患病的朋友去找一个护理呢？可是，概括地说，莫非这个可怜的家伙既是小偷和流浪汉，同时又是心地善良之辈？

第九章　寻找迷失的路径

我们步行回家时，太阳正驱散早晨淡淡的迷雾。家庭主妇站在家门口，拍打着垫子说闲话。村庄边界外的田野和树林，已沐浴在我所能记得的最耀眼的春日晨光之中了。

单单在那个星期四，高中生应该是在八点左右露面，投入加班加点的学习：有些是为高等学习证书做准备，另一些是着眼于师范学校的入学考试，可我们回来时——我垂头丧气，莫纳也失望之极，做什么都静不下心来——教室里空荡荡的。一缕阳光掠过蛀孔斑斑的长凳上的灰尘，照亮步天规上剥落的油漆。

我们如何能够待在那个地方，怀着失望之情面对书本，此刻门外的一切都在牵动着我们的心：窗边枝头上的鸟儿在互相追逐；想到我们的同班同学逃到野地里去了；可最重要的是那种急切的愿望，要去勘察我们的流浪汉向导所核实的那段路线——这是我们几近空空的行囊里的最后一点货色，一把还没有试过的钥匙……这是我们难以面对的。莫纳在教室里踱步，走到窗边，盯着院子，接着放眼朝村子里凝视，像是在守候某个肯定是不会露面的人似的。

"我一直在想，"他终于说道，"我一直在想，那也许不像我们想象的那么远……弗朗茨把我画的一整段路线划掉了。那可能意味着，我睡着时那匹母马走了一大段弯路……"

我坐在课桌边沿，一只脚悬吊着，盯着地板，闷闷不乐。

"可是，"我争辩道，"你是坐四轮带篷马车回来的，这花了你一整夜时间。"

"可我们是子夜才动身的！我是四点钟被放下的，大概是圣·阿戈特以西六公里。而我离开这儿走的是车站公路，记住——那是东边。因此那两公里应该从整个距离中减去……我确信无疑，一旦过了那片公用林地，离那片迷失的领地不会超过两里格路。"

"但地图上缺的恰恰是那两里格。"

"没错。从这儿走到林地那头差不多是一里格半路。不过，快些走，一个上午就能走到……"

就在那时，穆什伯夫进来了。他摆出一副叫人恼火的样子混充好学生，倒不是比我们其他人显得更用功，而是总觉得有必要在类似的场合露一下脸。

"我知道只有你们俩是可以在这儿找到的，"他说道，颇为扬扬自得，"其他人到公用林地去了，亚士曼·德鲁什带的头，鸟巢在什么地方他全知道。"

他开始假仁假义地把那些旷课生说过的坏话照搬一遍，是他们计划远足时说的，关于学校、老师还有我们。

"要是他们在林子里的话，"莫纳说道，"我有可能会撞见他们的，因为我自己正好要去那儿。我大概十二点半回来。"

穆什伯夫的脸耷拉下来了。

"弗朗索瓦，你来吗？"莫纳问道，在门槛上停了一下，把门开着，让一股阳光温暖的微风涌进污浊的教室，混杂着叫喊声、问候声、嘞啾声、井边水桶的磕碰声，远处皮鞭甩动的啪啪作响声……

"我去不了，"我回答道，虽说是向往之极，"是因为索莱尔先生,可是快点回来,我很想听一听的。"

他打了个模模糊糊的手势,迅速走了出去,满怀着希望。

十点左右索莱尔先生露面时,他穿的不是那件黑驼羊毛夹克衫,而是那件大口袋缀着纽扣的钓鱼外套,头上戴着一顶草帽;裤子塞在磨光发亮的短绑腿里面。看到没有人来这儿用功,我疑心他是否会觉得惊讶,可穆什伯夫将逃课生说的话向他报告了三遍:"要是他想让我们回去,那就让他过来找我们!"他却并没有给他什么鼓励。

"收拾你们的书本,"索莱尔先生说道,"拿上你们的帽子,我们替他们去掏鸟窝!……弗朗索瓦,你能走那么远吗?"

我说行的,我们便出发了。

大家一致认为,穆什伯夫应该走在索莱尔先生前面担任向导,并且担任诱捕者。他了解那些会到最高的树上摸索的男孩,而且他要时不时地放声叫唤:

"喂!吉洛达特!……德鲁什!……你们在哪儿呢?……运气好吗?……找到鸟窝了吗?……"

与此同时——而这是很适合我的安排——我要沿着林子东部的边缘走过去,以防追捕对象试图从那边逃脱。

这个安排非常适合我，那是因为我们那个朋友核实过的地图——而莫纳和我把它钻研得烂熟于心了——上面似乎有一道窄窄的路径，只是一条小路，从林地的那一边延伸开去，进入我们所认为的领地的那个方向。眼下我只要能把它找出来就行了！……而我很快就暗自确信，中午之前我会站在通往迷失的庄园的那条路上……

多么美妙的步行！……我们经过斜坡，绕过磨坊，这时我离开了两个同伴：那个打小报告的穆什伯夫，还有索莱尔先生，而他像是那种即将开战的人——我甚至觉得他将一支旧左轮手枪揣在了口袋里。

拐上一条横路，很快来到林子边缘。平生第一次单独出现在陌生的乡间，像是和班长失去了联络的某个巡逻兵。

眼下我觉得自己处在莫纳有一天瞥见过的那种神秘欢愉的边沿。我有一整个上午去勘察这座林子——这方圆几英里内最阴凉和隐秘的场所——的边界，而同一时刻我的大个子兄弟也在自行勘察呢。循着一定曾是小溪河床的路径，走在低垂的树枝下，而那些树木不知道叫什么名字——可能是桤木吧。片刻之前我走过小径末端的踏板，找到了这条树叶底下青草飘动的小河道，时而擦碰到荨麻，或是碾碎绷草高高的茎秆。

时而脚下蹭到一摊细腻的沙子。静静地，我听到一只鸟儿在啼叫——我把它想象成是夜莺，但如果它们只是在夜晚才歌唱的，那怎么可能呢？——那只鸟儿一遍又一遍地重复着同一句话语：这是早晨的声音，这是从树叶上滑落下来的问候，这是迷人的请柬，到桤木的林间漫游一番吧。那种啼叫难以目睹，频频响起，陪伴我在枝叶交织的屋顶下面一路闲逛。

平生第一次我也踏上了冒险的小径。只有这一次，不是为了我所期盼的让潮水搁浅的贝壳，和近旁的索莱尔先生在一起；也不是为了那个中学老师并不知悉的兰科植物标本；更不是为了老马丁的田野上经常探访的那口深深却是干涸的泉眼，让格栅保护起来，野草如此茂密，弄得每一次探访都要花更多时间才能找到……我是在寻找某种更为神秘的事物：寻找你在书上读到的那条小径，那条被灌木丛窒息的古老的小路，而其入口是那个疲倦的王子未能发现的。你只会在早晨某个迷失的时刻里偶然遇见它，当时你早已忘记马上要十一点钟了，或十二点钟了……接着，当你笨拙地冲破一团纠结的树枝，胳膊同时设法护住面孔时，便会冷不丁瞥见一条其远端有个细小光圈的幽暗的绿色隧道。

可陶醉于这些满怀憧憬的遐想时，我却毫无预兆地进入一块空地，结果那是一块普普通通的场地。叫我吃惊的是我走到了公用林地的远端，而那儿一向是显得无限遥远的。那个地方的右边，在两个木柴堆之间，在一池嗡嗡嘤嘤的阴影中，矗立着林务员的屋子。外面窗台上晾着两双长筒袜。从前的年月里常常如此，每当进入这片林地，我们有人望见远处的一点亮光时，就会惊叫道："那是林务员的屋子！"可我们却从未推进得那么远。人们仿佛是在谈论某次大胆的远征似的，会说："他走到了巴拉迪埃的屋子！"那是林务员的名字。

这一次我自己敢走到巴拉迪埃的屋子了。

可我什么都没找到。

我那条虚弱的腿开始烦扰我了，还有炎热，到那时为止都还没有感觉到呢。想到要独自一路走回去就不由得害怕起来，这时，在很近的地方，我听到索莱尔先生的诱捕者穆什伯夫的声音，接着是其他人的声音，在呼唤我……

大概有六七个男孩在那儿，或多或少都有些垂头丧气，除了那个告密者穆什伯夫，仍显得扬扬自得——他们当中有吉洛达特、奥贝盖，还有德拉格……多亏了诱捕者学鸟叫，他们被发现了，有些是攀爬在林间空地兀自矗立的一棵野樱桃树上；另一些是在动手洗劫一只啄木鸟的鸟巢。吉洛达特，长着小猪眼睛穿一身邋遢罩衫的傻瓜，将那些雏鸟藏在胸口，夹在衬衫和皮肤之间。他们有两个伙伴在索莱尔先生到达前逃离了现场——大概是德鲁什和小戈凡。起初他们对穆什伯夫的暗号作了回应，刻薄地取笑他，叫他"穆什泼妇"，树林里头纷纷响起这句侮辱人的话，那个受害者被激怒了，犯了一个策略上的错误，终于大叫道：

"你们最好都给我出来！索莱尔先生来了！……"

顿时出现一片寂静，接着便是林子里悄无声息的逃跑。而那些人熟悉这里的一草一木，要去追赶是绝无可能的。此外，没有人知道莫纳走的是哪条路，没有人听见过他的声音。继续搜寻下去只能是一无所获。

我们转身朝圣·阿戈特慢慢走回去，疲惫、颓唐，沾满泥浆，这时过了正午时分。一旦走出树林，在路面干硬的车辙上刮靴子，我们就感到太阳的充沛力量。那个新鲜而闪亮的春天早晨不见了，取而代之的是午后的声响。隔着长长的间隙我们可以听到公鸡在某个孤单的农家院落啼叫，而那是一种让人伤心的声音。沿着斜坡下来时，我们停下脚步和几个农场工人谈天，而他们吃过晌午饭又接着干活了。他们趴在门扉上听新闻。

"一帮小无赖，"索莱尔先生说道，"看看吉洛达特吧！他把一窝幼鸟放在了衬衫里头。可想而知他们都干了些什么——我得说，一团糟！……"

那些农场工人笑着点头，而在我看来，他们也是在嘲笑我的失败。就这一点来说，他们或多或少是同情这些小罪人的，和这些人多半是非常熟悉的。领头的索莱尔先生刚走开，他们甚至就透露道：

"另一个小伙子刚刚经过，高个子，你们认识的……从葛朗什来的那辆马车一定是让他搭了一程，因为他正好是在那个地方下车的，在小路转向葛朗什的那个地方。他浑身是泥浆，衣服撕破了。我们告诉他，今天早上看见你们打这儿经过，可你们都还没有回来。他刚朝圣·阿戈特溜达过去……"

而事实上当我们走到斜坡脚下那座桥上时，大莫纳坐在桥墩上在等我们，一副筋疲力尽的样子。索莱尔先生盘问他时，他说他也一直在找那些逃课生来着。可对我的悄声询问，他却沮丧地摇头作答，说道：

"什么都没有……一点点相像的地方都没有。"

午饭后,在那间空荡荡的教室,明亮世界里的一处又黑又闷的牢房内,他坐在一张长条课桌前,头枕在手臂上,怏怏不乐,一动不动地睡了几个小时。临近黄昏时分,他在长时间的默想中似乎做出了一个重要决定,回过神来之后便给他母亲写了一封信。而这就是我所记得的一切,那个全然无奈的日子里的凄凉的结尾。

第十章　洗涤日

我们轻率地以为春天来了。

星期一放学后,我们便决定马上做家庭作业,像在夏日午后那样,而且为了采光更好些,把两张长条课桌搬到外头院子里。可天空突然阴云密布,一滴雨溅落在练习簿上,我们便赶紧进屋去。站在昏暗的教室的大窗子前,抬头凝望着灰蒙蒙的天空,看到乌云在风的肆虐下逃散。

莫纳手按窗台向前倾,像是为抑制不住那汹涌的懊丧而生气似的,惊叫道:

"噢,它们动起来可没这么快的,那天我驾着福罗芒丹家的单人马车沿路……"

"什么路?"亚士曼问道。

可莫纳并没有搭理他。

为了挡开德鲁什，我便插话道："赶车走长路我喜欢的是那样一种情景，下着倾盆大雨，头上顶着一把大大的雨伞……"

"一路上都在看书，"有人补充道，"像在屋子里一样。"

"那天没下雨，"莫纳说道，"我没有想到要看书。我只想看乡下。"

可当吉洛达特学亚士曼的样子，询问是什么乡下时，他也没有被搭理。亚士曼便说道：

"我知道……他是没能摆脱那趟历险……"

他的态度是在安抚，那种口吻有所强调，好像他在一定程度上是参与了机密似的。不过这是在白费工夫，他套近乎却碰了一鼻子灰。这时天渐渐黑了，下起了冰冷的瓢泼大雨。男孩子一个接一个将罩衫拉过头顶，便赶紧逃离雨幕。

雨断断续续一直下到随后的星期四，如果跟前一个星期四相比有什么不同的话，那就是更为凄凉了。这个地区笼罩在一片寒冷彻骨的迷雾中，像是在冬季最糟糕的那些日子里。

由于最初那几个晴朗的日子，米莉上当受骗了，把东西都洗了出来，可是空气变得那么潮湿，同时又那么阴冷，把被单铺在外头园子的树篱上会是无济于事的，甚至因此而把它们挂在顶楼厢房里也会是徒劳的。

为了这件烦心事她和索莱尔先生商量，然后便决定将洗涤物晾在教室里，因为这是星期四，便开始将火慢慢烧起来，将炉子烧到通红为止。为了节省厨房和餐室里的燃料，这个炉子要用来煮饭，而我们要在那间大教室里度过这一天了。

当这个建议刚刚提出来时——我还很小嘛！——这种新奇的安排让它看起来像是一个欢乐的节日。

可那种新奇感很快便褪去了。潮湿的亚麻布把热量都吸收了，而那个地方冷得出奇。雨不停地落在庭院里——是冬天的那种绵绵细雨。可过了一小时左右，我百无聊赖地跑了出去，却发现莫纳在院子里。我们在门口站了一会儿，透过门上的栅栏向村里的最高处凝望，那儿与十字路口相接。一支送葬的队伍从远处的某个农场赶来。将棺材从牛车上抬起，放落到高高的十字架的脚下，就是屠夫有一回看见两个哨兵站岗的地方。那个年轻的上尉，他为他的那帮海盗如此自豪，眼下他在哪儿呢？……正在举行惯常的仪式：教区牧师及其助手到来了，眼下站在棺材前。他们那种悲戚的吟诵模模糊糊传到我们耳边。而我在想：

这是像阴沟的死水那样慢慢流逝的一天里仅有的事情，这时莫纳的声音将我从喜怒无常的心绪中惊醒过来：

"现在我得去打点行李了。我没有告诉你，索莱尔——可星期四我给我母亲写信，要她同意我去巴黎结束学业。今天我就要走了。"

他的手高高抵着格子栅栏，还在朝村里眺望。没有必要去问他，他母亲是否同意了，她富裕，事事都依着他。甚至也没有太多必要去问他，为什么这么急着要去巴黎。

可我知道，想到离开圣·阿戈特他一定是觉得有些惋惜，甚至会感到恐惧的，这个地方成了他历险的起始点，单是为了这一点，它也是有资格得到他喜爱的。而我则意识到最初的震撼中未能感觉到的那种渐渐增强的孤寂感。

"马上要过复活节了。"他说道，而他的叹息道出了比言语更多的东西。

"你一旦找到她，"我说道，"就写信来让我知道，好不好？"他把手搭在我肩膀上，"当然。难道你不是我的朋友和兄弟吗？"

我慢慢接受这个事实，自从他想到去巴黎完成学业，一切就结束了。我不会再这样子站在这里，和身边那个伙伴在一起了。

我们团聚的一个希望就落在那个巴黎的地址上,而它将给迷失的路径提供线索……可是看着伙伴的脸上那些忧愁的皱纹,我觉得那种希望其实是非常渺茫的。

我的父母亲听他说了。索莱尔先生大吃一惊,但立刻接受了奥古斯丁的解释。米莉,主要是家庭主妇,觉得惴惴不安的是莫纳夫人会发现我们家里挂着潮湿的亚麻布……天哪,他的箱子也很快收拾好了。我们从楼梯下面把他那双便鞋取来,从衣柜里把他的亚麻布制品收拾拢来,然后是他的书和文件——十八岁青年的所有微不足道的财产。

中午他母亲坐着一辆老式马车驾到。她和奥古斯丁在达尼尔咖啡店吃了午饭,等到马儿喂好,一套上车辕,就把他带走了,几乎没有做出解释。我们在门槛上道别,眼看着他们的马车在四岔路口的一个拐弯处消失不见了。

米莉在门口刮了刮鞋子,便回到冷飕飕的餐室里将东西又归置好。而几个月来这是第一次,我发现自己要一个人面对星期四午后漫长的时光,感到我的青春仿佛是在那辆老式马车里被永远带走了似的。

第十一章　我背叛了朋友

我自己该怎么办？

天气稍有些放晴，太阳正努力从云层后面露出脸来。

屋里某处有扇门砰地撞了一下。然后一切又安静下来。父亲间或穿过院子去把煤斗重新添上，因为今天的炉子烧得过量了。瞥见绳子上晾着的雪白床单，我对回到那间阴冷的烘房里去表示嫌恶，结果还是发现自己迎面遭遇那个考试的念头：师范学校的入学考试。从现在开始到年底为止，这件事情要让我一门心思去应付了。

可这整个孤寂中存在着某种奇怪的缺陷：我多少觉得轻松些了。莫纳离去了，而他代表的那场冒险便了不了之，我至少是免于那种出没无常的焦虑，那种妨碍我像别人那样行事的神秘牵挂。莫纳离去了，我再也不用去追随那个探路的空想家的足迹了；我又像其余那些人一样是个村里的小伙子——这样一个身份不需要付出努力，而且符合我自己的天性。

我站在院子里踌躇不决，这时卢瓦兄弟的那个弟弟沿街走来，头顶上方挥旋着一根绑着三颗栗子的细绳。他放开手，那玩意儿便飞过墙头落在我脚下。我正愁没事干，便把东西扔了回去。我们继续玩着这个傻乎乎的小游戏，直到他突然朝一辆粪车跑过去为止，是从维埃耶-普朗什的小路上驶来的车子。我看见他从行驶的车子的后部奋力爬进去。马车是德鲁什家的，驾车的人是亚士曼。布亚东的肥大身躯挺立在他旁边。他们是在从牧场回家的路上。

"弗朗索瓦，跟我们一起来吧？"亚士曼叫道，至此他一定是听说莫纳离去了。

这又何妨，我心想，没有给家里留言便爬上那辆东倒西歪的车子，像他们一样抓着边架站立。我们朝亚士曼母亲开的那家客栈继续行驶……

眼下我们是在客栈的一间里屋中，而客栈同时是一个店铺，因为那个寡妇也出售一些杂货。一缕苍白的光线从低矮的窗子射进来，照亮成排的罐头食品和醋桶子。布亚东，面对我们坐在窗台上，正大口啃着萨夫瓦饼干；笑起来时，他那肥胖的身子抖得像一只果冻。饼干箱伸手便可拿到，搁在一只木桶上面。小卢瓦乐得咯咯直笑。我们之间迸发出一种假模假式的亲密感。看得出来，从现在起亚士曼和布亚东要成为我的伙伴了；我的生活轨迹猝然改变了。似乎莫纳离去之后有很长一段时间了，他的历险是个陈旧的故事——忧郁的故事，但已经结束了。

小卢瓦从柜台下面捞出一瓶已经打开的利口酒。德鲁什做东请我们几个喝酒，但只有一只玻璃杯。我们要轮着喝。他请我先饮，显得有些屈尊俯就，好像我不习惯这种农民和猎手的方式似的。这倒让我觉得拘谨起来。而他们谈起了莫纳，这时我便产生了一种冲动，如果单是为了摆脱那种局促不安，重新获得自信，那就不妨显示一下我是知道他的故事的，不妨透露其中的一部分。既然他在我们中间的历险已到尽头，这么做能有什么害处呢？……

我的故事讲得不好听吗？不管怎么说，它并没有产生预期的那种效果。

我的这些伙伴，像那些凡事都能找到解释的健全公民，丝毫看不出这件事有什么奇妙之处。

"是那种吃喝玩乐的婚礼中的一个。"布亚东发表意见道。

德鲁什在佩弗朗吉见过一个，而那个还要古怪哩。

那个大城堡？找那些听说过的人打听一下不就行了嘛。

那个姑娘？莫纳服完兵役就可以娶她的。

"他为什么不让咱们自己人看他的地图，不让咱们参与他的机密，反倒是去告诉那个演戏的家伙……"

眼下陷入一种不成功的境地，我感觉必须要让他们震一震，以唤起他们的好奇心。我决定把那个演戏的家伙的真实身份告诉他们：他是从哪里来的，他整个离奇古怪的命运……布亚东和德鲁什一副不以为然的样子。

"就是他把事情都搅乱了。要不是他，莫纳是不会显得这么生分的，因为他刚来时恰好是另一番模样。然后把我们招募起来，搞成那种学校里的军营，又是海盗啦，又是夜袭啦，那一整套傻乎乎的玩意儿……"

"我越是想这件事情，"亚士曼说道，看着布亚东并精明地点头，"就越是确信，我报告警察是做了一件好事。他在这儿的所作所为只是惹麻烦，而且会惹出更多的麻烦……"

我几乎是想要赞同了。要是我们没有把它弄得那么神秘，没有那样悲观地看待它，一切就可能会变得更好。正是由于弗朗茨，一切都弄得不对头了……

可前屋发出的动静猝然打断了这些沉思。亚士曼抢过酒瓶，把它藏到桶子后面。胖子布亚东从窗台上滑下来，踹翻一只空瓶子，弄得瓶子在尘土里滚开去，而他勉强没有让自己张开手脚跌倒在地。小卢瓦把他们从后门推出去，急着要脱身，笑得透不过气来。

不太清楚是怎么一回事，我和他们一起逃跑了。我们穿过院子，登上梯子，爬进一座干草仓。我听见一个女人的声音在大喊大叫，"你这个没出息的……"

"我没想到她这么快就会回来的。"亚士曼悄声说道。

我开始明白，我们一直是在偷窃，我们是没有权利去吃那些饼干和甜酒的。我感觉是像那个沉船的海员，由于找到一个可以交谈的人而感到释然，却发现自己是在跟一只猿猴说话。我的想法是要离开这座干草仓，因为这种越轨行为我是极不喜欢的。再说，时候不早了……他们带我从后院的一条路出去，穿过两个菜园，绕过一个鸭塘，终于回到了那条满是水洼的街上，而那些水洼映照出达尼尔咖啡店的灯光。

我对我傍晚的行为并不感到骄傲。当我走到十字路口时，不知不觉又一次看到，那张刚毅的兄弟般的面孔放松下来，莞尔一笑——那最后的挥手告别——而那辆马车绕过一个拐弯处便消失不见了……

我的罩衫在风中忽忽飘动，这风跟整个冬季如此忧郁却如此奇妙的月份里吹起的风一样冷。眼下我明白，事情并没有我想象的那么简单。在他们等我吃晚饭的那间幽暗的大教室里，刺骨的穿堂风搅动空气，尽管有炉子，那儿的空气也一点都不暖和。我瑟瑟发抖，为下午的闲游浪荡而挨骂，连在桌边自己位子上落座的那种按部就班的慰藉都没能享受到，因为今晚使用的不是那间餐室。我们把盘子放在膝盖上，坐在随便能够坐下的地方。我悄悄吃着薄煎饼，它们是不得不在教室里度过这个星期四的特别款待，可是炉口太旺，薄煎饼烤煳了。

独自来到自己屋里，我立刻上床睡觉，设法忍住那一片凄凉中涌上心头的自怨自艾。可我在夜间醒来两次：第一次我以为是听到了另一张床的吱嘎声，像莫纳翻身时每每发出的那种声音，一丝不差；第二次是以为听到了他的脚步声，和猎手获得线索时一样轻盈而持重，在顶楼厢房里踱过来又踱过去……

第十二章　莫纳的三封信

平生我只收到过莫纳寄来的三封信。信我都还保存着，放在一个衣柜的抽屉里。每一次重读这些信件，那种久已逝去的悲哀就会再度涌上心头。

第一封信是他离去之后的两天寄到的。

亲爱的弗朗索瓦：

今天我一到巴黎就去找那个地址了。我什么都没见到。那儿没有人。那儿永远不会有人的。

弗朗茨说起的那所房子是一幢两层楼的小型私人住宅。德·加莱小姐的房间肯定是在一楼。那里的窗户几乎都被树丛遮住了，可要是你沿着人行道走，就可以清清楚楚地看见它们。窗帘拉上了，而你一定是疯了才会希望,有一天伊冯娜·德·加莱会从窗帘中间露出脸来。

这是在大马路上。下起了一点雨。树已经绿了。有轨电车不停地从身旁经过,你可以听到它们那种刺耳的哐当声。

我在窗下来来回回走了将近两小时了。附近有一家酒店,在那里歇歇脚,喝上一杯,这样人家就不会认为我是一个图谋不轨的窃贼了。接着便再去进行那种毫无希望的巡逻。天黑下来时,四周的窗子都亮起了灯光,可那所房子没有。那儿毫无疑问是没人住的。可离复活节却不远了。

就在我要离开时,一个姑娘,或是一个年轻的女人——我说不出是哪一类——走过来,在被雨微微打湿的长凳上坐下来。她穿一件有小小白领子的黑衣服。我离开时她还坐着,尽管天气冷,却在等待着天晓得的什么东西或什么人。因此,你知道,巴黎满是和我一样的疯子。

奥古斯丁

日子一天天过去。复活节后的星期一以及随后的日子里，我没有等到片言只语，而受难周的所有庆典过后，那些日子似乎都无事可做，只等着夏天到来了。六月带来的是一场又一场的考试，还有那场难以忍受的热浪，让乡村窒息，像是裹在密不透风的毯子里似的。即便是到了夜晚，也不见有一丝凉风，让人在酷热中稍稍透一口气。正是在这个难熬的月份里，我收到了第二封信。

亲爱的朋友：

这一次是什么希望都没有了。从昨夜开始我就知道是这样了。那种痛苦，起初还没怎么感觉到，眼下却是在不断增长着。

每天傍晚我都坐在那条长凳上，观望、想象，不顾一切地希望。

昨夜吃过晚饭后，又黑又闷。人们在外头街道上，在树底下说话。黑乎乎的树叶，灯光照见的地方是绿色的，其上方的二层和三层公寓楼灯火通明。有些窗子大开着。你可以看见桌上的一盏灯，映出一圈小小的灯光，在这个热烘烘黑漆漆的六月夜晚，几乎照见整个室内。啊，只要伊冯娜·德·加莱的那扇黑窗子也一样透出灯光，我想我就敢跑上去，敲门，走进屋里……

我说起的那个姑娘又在那儿出现了,像我一样在等待。我心想,她或许知道一点这所房子的情况,便决定去向她打听一下。

"我只知道,"她说道,"有一个姑娘还有她的弟弟过去常常来这儿度假。可我听说那个弟弟离开了父母亲的大城堡,他们没有能够找到他。那个姑娘结婚了。这便可以说明为什么房子是关闭着的。"

接着我便离开了。走了没几步路,脚绊在阶沿上,差点儿摔倒。那个晚上——是昨天晚上——当天井里的女人和孩子们终于安静下来,我巴望着能睡上一会儿时,我不断听到出租马车从街上驶过。它们是在很长的间隔中经过的,可只要有一辆车刚过去,我就不知不觉地听到下一辆:铃儿的叮当声,马蹄敲击柏油路面的哒哒声。而声音变成话语——那遗弃的城市,难以挽回的爱情,无尽的夜晚,夏天,高烧……

索莱尔,我的朋友,我痛苦极了。

奥古斯丁 189×年6月

信中告诉我的东西毕竟是很少的。莫纳并没有解释为什么这么长时间都保持沉默，没有告诉我现在他到底想干什么。我的印象是他在和我断绝联系，正如他和过去断绝了联系一样，因为他的历险结束了。我想保持联络的努力是徒劳的。我寄出去的信都没有收到回复，除了有一次收到他写来的片言只语，祝贺我通过第一阶段的升级考试。九月里我听班上一个同学说，假期他去费尔特－东吉永看望他母亲了。可那个夏天我们是在旧南赛和我的叔叔弗洛朗丹一起度假的。而莫纳回巴黎去了，我没能见到他。

重新开学时，我定下心来，以一种严峻的热情准备更高一级的升位考试，期望在随后的岁月里谋到一个教员职位，不必非得去布尔日师范学校上学，而正当我专心学习时，在十一月底，我收到了第三封也是最后的一封信。

　　我仍从那扇窗子外面走过。我仍在等待，没有一星半点的希望。而我知道这是在发疯。这些秋天寒冷的星期天下午，当光线开始暗淡时，在我又去那条荒凉的街道之前，我怎么都下不了决心回房间去，关上窗户板过夜。

　　我像是圣·阿戈特的那个疯女人，不停地走到大门外，手搭凉棚朝火车站凝望，看她死去的儿子是否到来。

坐在长凳上，又冷又凄惨，我不停地想象有一个人会轻轻抓住我的胳膊……我会回过头去看……她会非常自然地说道，"我来得太晚了。"而我所有的伤心和疯狂都会消失得无影无踪。我们走进我们自己的房子。她的毛皮大衣摸起来冰冷；她的面纱湿漉漉的。她进屋时，伴随着黄昏的些许雾气；而在她朝壁炉移步而去时，我看见她金黄的头发闪烁着霜花，而她侧面的轮廓，如此纯净柔和，让火焰勾勒出来……

可她窗户里面仅有的光亮却是拉拢的窗帘的那一片暗白。就算是迷失的领地上那个姑娘这会儿把窗户打开，也没什么可对她说的了。

我们的历险结束了。今年的冬天和坟墓一样死气沉沉。或许是到我们死去时，死亡才会给这场不成功的历险提供意义，提供续篇和结局。

索莱尔，我请求你有朝一日想起我。现在我只求遗忘。最好是把我给忘了。最好是把这一切都忘了。

A.M.

随后便又到了冬天，和前一个冬天一样死气沉沉，却不像前一个冬天那样充满神秘的生活。眼下一切都是静止而空虚：教堂广场不见巡回艺人的一丝踪影，学校操场四点钟一到就被遗弃；而我独自坐在教室里，对着书本，倦怠冷漠……二月份下了第一场雪，埋葬着去年的浪漫故事，混淆着路线，抹去每一丝最后的踪迹。而我尽了最大努力忘掉那一切，正如莫纳在信中要求我做的那样。

第三部

第一章　野泳会

让人瞧见嘴里叼着根香烟，头发抹上糖和水将它弄得卷曲，和巷子里游荡的女生冷不防接个吻，躲在篱笆后面朝过路的修女嬷嬷起哄——这些便是村里所有那些坏孩子的消遣了。可坏孩子过了十八九岁常常会改邪归正，变成相当体面的年轻人的。我们谈到的那个坏孩子，如果已经在那个年龄上显得又老又衰败，如果他要花一半时间打探村里女人那些模棱两可的信息，说希尔贝特·波克兰的骇人听闻的事让大家发笑，那么他的转变就不会是那么简单了。即便如此，他这个人却仍然是有点希望的……

这里说的正是亚士曼·德鲁什。不知为了什么缘故，但肯定是因为不想去通过考试吧，他继续留在高级课程班里，而看到他弃学大家一定都会感到高兴的。其时他叔叔杜马正将他自己那份泥水匠手艺传授给他。没过多久，这个亚士曼·德鲁什，还有布亚东以及父亲是副镇长的那个叫丹尼斯的文静小伙子，他们是我乐意与之结交的仅有的同班同学了，而这主要是因为他们属于"莫纳时代"。

再说，德鲁什显然是真心想做我的朋友的。实际上，他这个奥古斯丁的敌人，是希望能成为本校的大莫纳的：至少很可能是为没有做成他的副官而感到惋惜的吧。和布亚东相比，他没有那么迟钝，可我认为他缺了某种要素，那种莫纳带到我们生活里来的出人意料的特性。他会经常打断话头提到他：

"正如大莫纳有一天说的那样……"或是"大莫纳过去常说……"

虽说亚士曼的模样像是一个上了岁数的小孩，可他比我们都更成熟，并支配着能够大大巩固其地位的资源：他拥有一条穿着长长白外套的狗，尽管其世系暧昧可疑，其浮夸的名字"倍加力"弄得我们退避三舍，却是一条很不错的拾猎犬，能将棒子和石头捡回来，但也别无其他才能。他还拥有一辆二手自行车，除非是眼见得有某个姑娘愿意手把手接受这种训练，否则还是允许我们下午骑上那辆车的。可他最管用的资产还是那头白毛驴，虽说是瞎了眼，却并不妨碍把挽具套在任何底下有轮子的东西上面。

驴子其实是属于杜马的，可不管什么时候我们要去歇尔河游泳，他都会把它借给侄子的。亚士曼的母亲碰到这些场合会献上一瓶柠檬水，我们把它塞进座位底下那一堆游泳裤里头。我们八到十个老生便动身出发，在索莱尔先生的陪同下，有些是步行，有些是坐驴车，而那辆车我们把它留在了格朗丰农场，因为只有通过一个陡峭的溪谷才能从那儿到达河边。

我有理由记得这样一趟短途旅行的每一个细节，当时亚士曼的驴子载着我们的衣裤、柠檬水和索莱尔先生带路，我们走在后面。这是八月。考试考完了，从那个噩梦中解脱出来，我们感到夏天是属于我们自己的，得好好利用一下，而我们不知为什么唱起了歌，也不知唱的是什么，为那个星期四下午的良好开端而欢喜赞叹。

只有一片阴影横在这个无邪的场景之上。我们瞥见希尔贝特·波克兰走在前面不远的地方。她穿着高跟鞋，身材匀称利落，散发出快要成熟的姑娘那股子撩人的气息。她离开大路，转身拐入一条侧道，毫无疑问是到农场取牛奶去。小戈凡提议说，他和亚士曼应该跟她走。

"哎呀,"后者吹嘘道,"我可不是头一次吻她了。"

他便讲起她以及他结交的姑娘们的一些淫猥露骨的故事,而我们整一队人马出于虚张声势,迅速拐入那一条侧道,让索莱尔先生和驴子继续前行。可并没有什么追赶的热情,那帮人一个接一个地掉队。连德鲁什似乎也一点都不急于在众人面前施展身手了,而那个姑娘在前面五十码开外继续走她的路。几声欢呼,几声口哨,我们便反身往回走了,多少显得有些羞惭。再回到大路上时我们不得不跑步追赶,而太阳变得火辣辣的。我们再也没有唱歌了。

到达歇尔河岸边,我们在干燥的柳树底下脱下衣服。柳树替我们挡住偷窥的目光,却挡不住太阳光。脚踩在热烘烘的沙子和厚厚的泥浆里,我们便幻想着那瓶柠檬水,在格朗丰农场的泉水里冰镇着,那口泉水从河岸汩汩涌出。朝里望进去可以看见青草在深处飘拂,可水面上却总有两三只看似潮虫的虫子。可那水是如此纯净,会让渔夫毫不犹豫地跪下来,手分别按住两边,从中啜饮。

可惜今天并无例外……因为,一旦穿上衣服,围着那瓶柠檬水盘膝坐成一圈,拿仅有的两只平底玻璃杯中的一只依次轮流,出于礼貌请索莱尔先生先喝,剩下的那点泡沫液体就够让每一条喉咙刺痛并且加倍的干渴了。于是我们便不得不相继走到那口受到无视的泉水边,谨慎地将面孔俯向澄澈的水面。但并非我们所有人都精通野外的规矩。因为我们有些人,我本人便是一个,在解渴这件事情上几乎就没有成功过:要么是因为不喜欢把水当作饮料,要么是因为害怕囫囵吞下一只潮虫而让喉咙发紧,要么是因为水的透明度让人不容易掌握分寸,结果是一头栽进去,鼻孔里灌满某种似乎要烧起来的冷冰冰的东西……尽管有诸如此类的风险和不足,可在我们看来,在歇尔河炎炎干涸的岸边,世上的清凉全都关在这一汪小小的水洼里了,而迄今为止每每听到"泉水"二字,我的心就会回到那儿,流连不已。

薄暮时分我们动身回家,而旅程的前半段和此前一样无忧无虑。从农场通往公路的那条小径,冬天是一条溪流,夏天是一片沟谷,布满洞穴和木桩,蜿蜒于高大树木的篱笆之间。有些伙伴走的就是那条路,把困难当作挑战。另一些人,包括索莱尔先生和亚士曼,走着一条平行的小路,松软而多沙,位于邻近那块农田的边缘。我们可以听见其余的人在说说笑笑,在我们近旁,在我们下方,重重阴影之中却隐而不见,而德鲁什又在喋喋不休地讲他那些成年人的故事了……高高的树枝间可以听到夜虫炎热的鼓噪，在尚未全黑的天空的映衬下，甚至还看得见它们涌现在花边状的树叶周围呢。偶尔会掉下一只，在我们脚边发出响亮的唧唧声。没有别的东西打破这温馨的夏日黄昏的宁静，我们悠然漫步，没有希望或欲念的拖累，从平庸无奇的小郊游中安静地走回家去……又是这个亚士曼，虽说是有口无心，却要来扰乱这种安宁了……

我们快要到达山冈的顶部，那儿有两块巨石标志着人们所说的一座古堡的遗址，这时他开始说起他走访过的那些庄园，尤其是旧南赛附近的一片差不多是被遗弃的领地：一个名叫撒伯隆尼埃的地方。他用阿利耶人那种矫揉造作的口音，有些字缩短，另一些字卷舌，告诉我们说，几年前他在那个地方游逛，在一座颓败的礼拜堂里见到一块牌位，上面刻着这样几个字：

骑士加卢瓦安息于此
忠于他的上帝、国王和情人

"不会吧！"索莱尔先生说道，微微耸了耸肩。他对谈话所采用的调子稍稍感到不安，可并不想阻止我们像男子汉那样说话。

接着亚士曼便描绘起他所说的那座大城堡来,像是在那儿过了半辈子似的。

有好几次,从旧南赛回来,他和杜马被一座耸立在冷杉树林上方的灰色旧塔楼吸引住了。在林子中央,他们遇见一个迷宫般的颓败建筑群,那里荒无一人。有一天,当地一名猎场看守人路上搭乘他们的车,他带他们穿越这片古怪的领地。可其后却听人说,那个地方被夷为平地了,除了农场和一座小别墅之外什么都没留下来。原先的主人还住在这儿:一位退役老军官,眼下一贫如洗,还有他女儿……

他不停地说呀说。我倾听着,越来越觉得他是在描述某种我已经知道的东西,这时,正如重大的启示出现时屡屡发生的那样,来得突然而且非常简单,亚士曼转过身来碰了碰我的胳膊,让初次掠过他脑海的那个念头击中了。

"可现在我却想起来了——那肯定是莫纳无意中闯入的地方——你知道,大莫纳——那个老故事……"

"当然是了,"看我没有应答,他便继续说道,"现在我记起来了——那个看守人的确说起过一个儿子,一个怪里怪气的小家伙，满脑子想法……"

我不再听了，因为我知道他是猜对了。而我明白，由于莫纳的遥不可及，由于希望全都委弃了，正是我在面对着那条路径，像是某条常来常往的熟路，通往那片我们叫不出名字的领地。

第二章　在弗洛朗丹家

我向来是那种恍惚、缄默、不快乐的男孩,一夜之间却变成我们所说的"果敢角色",而此刻我明白,要靠我来揭开这场重大历险的新篇章了。

而我认为正是从那天黄昏开始,我的膝盖永远不痛了。

旧南赛是那片名叫撒伯隆尼埃的领地所在的市镇的行政中心;它也正巧是索莱尔先生的亲戚所居住的那个地区的一部分。我的叔叔弗洛朗丹在那儿开着一家大百货店,我们偶尔会和他一起度过九月末段的日子。可既然考试结束了,我就可以不服管教并立刻得到许可去叔叔家了。而我决定,在我确信能给莫纳送去好消息之前什么都不向他透露:经过这么多苦涩的失望,再去添加虚假的希望,这会是无以复加的残忍。

多年来，旧南赛是世上我最喜爱的地区，恰是为假期的最后时段而设的地方，尽管我们并不经常去那儿，比我希望去的次数要少，只是在能够雇上马车时才去的。曾经和住在那边的家族的一支有过争吵，而大概是由于这个缘故，米莉就不愿接受邀请了。可往昔的家族争端对我来说却是无关痛痒的，一旦在一大群热热闹闹的叔叔伯伯和同辈兄弟姐妹中间安顿下来，我便有了数也数不清的新鲜乐趣，简直使人忘情。

我们通常是在弗洛朗丹叔叔和朱莉婶婶家做客的，他们家有个儿子和我同年，名叫菲尔曼，有八个女儿，其中最年长的马利-露易丝和夏洛特，应当是十七岁和十五岁。他们家的"环宇商店"坐落在村子的一个路口边，在教堂对面，是索洛涅这个偏远地区所有地主和猎户惠顾的地方，离最近的火车站有三十公里。

这家设有食品杂货部、棉织品部和其他不少部门的商店，有好多扇窗子开在大街上，而那扇镶有厚玻璃板的店门径直开向广场。可说来也怪——而在这个一点也不繁华的地区却并不奇怪——该铺地板的地方却什么都没铺，只有被踩硬了的泥地。

场院后部有六个房间，每一间都有特殊用途：一间存放帽子，一间存放园艺工具，另一间存放灯具，诸如此类。孩提时徜徉在这个集市里，我心想，那么多的奇珍异品无论如何都是看不完的。即便现在长大成人了，我也觉得在那儿度过的假期才真正算得上是名副其实。

这一家子人住在店铺隔壁的一间大厨房里——九月最后几天总是有柴火烧得旺旺的那一间厨房里。这儿大清早便有猎户和偷猎者来向弗洛朗丹兜售他们的野味，他们会接过饮料喝上几口。与此同时，屋里那些已经起床的小姑娘，叽叽喳喳，四处乱跑，让这个地方弥漫着淡淡的香气，那是在她们光滑发亮的头发上涂抹的不知道是什么东西的气味。墙上的学校团体的褪色照片显露出我的父亲——花了点时间才认出穿着校服的他——在他的师范学校同班同学的包围中……

我们在这儿度过早晨的时光——在这儿，还有在院子里，那是弗洛朗丹种植大丽花和孵化珍珠鸡的地方；是我们坐在肥皂箱上烘焙咖啡的地方；是我们撬开货箱并拆开物品包装的地方，而那些物品我们有时候还叫不出名堂呢……

顾客终日来来去去，多半是些农场主，常有来自乡村大别墅的马车夫。从远处小村落驶来的运货马车会守候在门口的空地上，在初秋的浓雾中滴下些微露水。我们在厨房里听那些农场主的妻子说话，而她们总是有很多话要说……

可到了夜间，从八点钟开始，我们打着灯笼出去把干草放进食槽，而那些马儿浑身冒着蒸气耐心地站在槽边，干完这件事后整个店铺却是属于我们的了。

马利-露易丝，年龄最大的姑娘，却是跟个子最矮小的排在一起，卷起布匹，把它们排列在货架上，她干完活会大声叫唤，邀请我们跟她去玩。菲尔曼和我还有一群姑娘会涌入那间大店铺，那儿的天花板上悬挂着客栈油灯，而我们开始转动咖啡磨，或是在柜台上表演杂技的惊险动作。有时候是以跳舞而告终的，在光溜溜的泥地上，和着长号的乐音，那是菲尔曼从阁楼上找来的一支泛着绿莹莹铜锈的旧长号……

想起来仍会使我感到脸红，从前的假期里，德·加莱小姐很可能会走进屋子，看见我们这样孩子气的举动……可直到今年八月的一个黄昏，就在夜幕降临前，我在跟马利-露易丝和菲尔曼安安静静地聊天时，我才第一次见到她……

刚到旧南赛的那个黄昏，我就已经向叔叔询问过撒伯隆尼埃领地的情况了。

"它不再是你说的那种领地了,"他说道,"它卖了,而买它的那个人,把打猎看得比什么都重要,把老房子拆了,以便多种些矮树丛。从前是大庭院的那个地方眼下长满石楠和金雀花。从前的主人除了一幢两层楼的小房子和农场,什么都没有了。德·加莱小姐自己来买东西时,你就可以见到她了。有时是骑着马来,有时是赶着车来,可不论哪种情况用的都是同一匹马儿,老贝利泽勒——你从来都没见过这么老朽的家伙呢。"

这一切深深地打动了我,让我都问不出那些冷血的问题了,可我还是想要让他把知道的都告诉我。

"可他们一定是有过钱的。"我提示道。

"哦,当然,德·加莱先生老是举办晚会哄儿子开心,是那种奇怪的男孩,满脑子古怪的想法。老绅士尽量满足他,邀请一些漂亮时髦的女士,从巴黎来的,还有一些年轻绅士,也是从巴黎来的,从各个地方来的……

"撒伯隆尼埃整个是败落下来了,德·加莱夫人没几天好活了,可他们还是想办法哄他开心,迁就他所有心血来潮的念头。就在去年冬天——不,还没到冬天呢——他们就举办了一个最为盛大的化装游园会。客人一半是从巴黎来的，一半是从邻近地区来的。他们购买或租用了成百上千套华丽戏服——他们玩了各种游戏，赛马啦、划船啦……全是为了哄弗朗茨·德·加莱开心。他们说他要结婚了，而那个游园会是用来庆祝订婚的。可他太年轻了。突然间事情整个就崩溃了。他消失了，此后谁也没再见过他……大城堡的女主人死了，而德·加莱小姐便发现自己是孤零零地跟父亲在一起了。他从前做过海军军官呢。"

"你是说她没有结婚？"我终于问道。

"没有，我没听说过那回事。怎么，你有那个方面的想法了？"我觉得尴尬了，便尽量用谨慎的语气告诉他说，我最要好的朋友奥古斯丁·莫纳，他或许是有那种想法的。

"嗯，"弗洛朗丹微笑着说道，"要是他不在乎陪嫁的话，那他不可能娶到更好的妻子了……你想让我去跟德·加莱先生说吗？他不时上这儿来买大号铅弹。我总是要请他喝一杯年份最久的家酿白兰地呢。"

我赶紧求他不要去提这个话题，只要等候就行。而我觉得在转告莫纳之前让自己等候比较明智：至少要等到我亲眼见到那个姑娘。因为如此多的好兆头总让人觉得有些惴惴不安。

我没有等候多久。次日黄昏，就在晚餐前，天渐渐黑下来并且起了一阵冷雾，不像是在八月而更像是在九月。趁店里没有顾客的那一刻，菲尔曼和我进去跟马利－露易丝和夏洛特说话。我提前向他们挑明了来旧南赛的原因。我们靠着柜台，或是坐在柜台上，两只手平展展地按着精光锃亮的木头，相互交换我们所知道的那位神秘小姐的情况，但加起来终究也没有多少内容，这时车轮子滚动的声音让我们抬起头张望。

"现在她来了。"其中一个姑娘悄声说道。

少顷，一套奇怪的装备在玻璃门前停了下来：一辆异国风情的破旧的四轮大马车，有着圆形镶板和花边饰物；一匹上了岁数的白马，脑袋弯得那么低，像是一路上巴望着能找到青草似的；而坐在驾驶座上的——我说的可都是简简单单的心里话，当然知道在说什么了——或许是这个世界上曾经有过的最美丽的年轻女子了。

我从未见过这样的魅力是和这样的严肃融为一体的。衣裙勾勒出纤细的腰身——纤细到脆弱的程度。她慢慢下了车，走进店铺，从肩头解下棕色长斗篷——是所有姑娘中最严肃的，是所有女人中最纤弱的。浓密的金发衬着额头和脸蛋，显出美妙的轮廓和秀丽的造型。在她白净的面容上，夏日的骄阳仅仅布上了两颗雀斑……在这么多的美丽当中，我只发现一个缺陷：在她伤感胆怯时，或只是幽幽沉思时，那张脸上会浮现一道道淡淡的红晕，像是患有重病但病因未明的人出现的那种情况。这样的时刻里，敬慕之情便让位于某种怜悯，因为是如此出乎意料，心里便感到尤为酸楚了。

这些便是我所形成的印象，当时她朝我的兄弟姐妹走过来，和马利-露易丝说起话来，而后者最终给我做了介绍。

有人搬出一张椅子，她便坐了下来，背朝柜台，而我们都还站在那儿。她在店里悠然自得，似乎是喜欢她周遭的事物。朱莉婶婶被叫了过来，站在那儿把话说得合情合理，一如她的农民加店主的身份，手交叠在胸口，头顶着白色便帽，频频点头显得料事如神。而这就将那个时刻延缓了，那个让我大为恐慌的时刻——我该被拉进谈话里去的那一刻……

可那一刻来得不能再简单了。

"这么说，"德·加莱小姐说道，"您很快要当小学老师了。"

婶婶点亮一盏悬挂在我们头顶上方的陶瓷灯，昏暗的灯光便洒落在了店堂里。看着那张孩子气的脸蛋，那双坦诚的蓝眼睛，我觉得难以将它们和她那种决断而认真的口吻协调起来。当她停下来不说话时，她会掉转目光，一动不动地看着远处某个物体，像是在等候回答似的，而且她有一个微微咬住嘴唇的习惯。

"我也会去教书的，"她说道，"只要我父亲不反对这个想法。我很想去教那些小男孩，像您母亲那样……"

而她微微一笑，像是借此承认我的兄弟姐妹说起过我似的。

"要知道，那些村民一向是对我以礼相待，一向是对我体贴而且乐于帮助的。而我确实是非常喜欢他们——虽说就这一点而言，人们没有理由不该这样做，是吧？……

"可他们对女教师的态度，您不觉得是有些刻薄而乖戾吗？他们永远是在抱怨笔杆不见了，或是练习簿太贵了，或是孩子们没学到什么东西……我确信我能应付他们的对立情绪而不至于让他们失去好感。当然，这或许是不那么容易的……"

而她又陷入那种孩子般的神态中，那双蓝眼睛若有所思并且没有笑意。

她捡起棘手问题并用通常是书上才看到的精妙语言来表达的那种从容做派,让我们三个觉得尴尬并且张口结舌,而在谈话恢复之前便出现了片刻沉默。

然后便带着一丝惋惜,或者很可能是带着一丝反感,而其反感的内容对我们来说是太过私密而无从得知的,这位年轻女士接着说道:

"可尤为重要的是,我要教那些男孩子懂得事理。我要让他们牢记我确实知道的某种智慧。我不会给他们满脑子灌输那种漫游世界的愿望,正如您,索莱尔先生,一旦当上了教师大概就会做的那样。我要教他们怎样找到幸福,而只要他们懂得什么是幸福,幸福也便触手可及了……"

马利-露易丝和菲尔曼跟我一样感到愕然。我们没话可说。她猜到我们那种狼狈不安的心情,便停下来,咬着嘴唇,垂下眼帘,接着便微微一笑,像是要拿我们寻开心似的:

"因此,我们都知道,有个高个子青年,有一点点疯,也许是在天涯海角寻找着我,而我坐在这儿的灯光下,在弗洛朗丹夫人的店铺里,让我那匹老马一直等在门口。要是那个年轻人看见我,那他可能是不会相信自己的眼睛的，你们说是吧？……"

她的笑容让我有了说话的胆量，因为是到了说出来的时候了，而我笑着想把话说得轻快些：

"说不定我就认识这个有一点点疯的高个子青年呢。"

她迅速抬头看一眼。

但是门铃叮当一响，进来两个女人，胳膊上挎着篮子。

朱莉婶婶转身迎候客人，把厨房的门打开。"你们不想进'客厅'里去坐坐吗？你们可以在那儿安安静静地说话。"

德·加莱小姐谢绝了，起身要离开，这时婶婶补充道：

"德·加莱先生在这里呢。他和弗洛朗丹在火炉边说话。"

大厨房里总是生着火，即便八月里也是如此，而此刻冷杉树的原木毕毕剥剥烧得正旺。那儿同样是点着一盏陶瓷灯，我看见一个面容温和的老人，脸颊塌陷并刮得干干净净，一个很少有话要说的人，似乎让岁月和记忆淹没了。他和弗洛朗丹坐着，面前摆放着盛有榨汁的小玻璃杯。

"啊，弗朗索瓦！"叔叔用他那种小贩的嗓门吆喝起来，仿佛我们之间隔了整整一条河或是好几亩地似的，"我一直在计划下星期四去歇尔河边远足呢——有打猎、钓鱼、跳舞、游泳……我们也恭候您的到来,小姐。德·加莱先生同意了。您骑马过去。都安排妥啦……"

"顺便说一句,弗朗索瓦,"他补充道,仿佛是才想起来似的,"你可以把你那位朋友带上,莫纳先生——你说的应该是这个名字吧。"

德·加莱小姐站起身,脸色突然煞白了。而只是在那个时候我才记起来,那天在奇怪的领地上,在湖岸边,莫纳把名字告诉她了……

临别之际她把手伸给我,我们之间便有了一份唯有死亡才能终结的秘密协议,比说出的话语更为明确,还有那种友谊,比伟大的爱情更为动人。

次日凌晨四点钟,菲尔曼敲响了那间分配给我住的小房间的门,房子位于雌珍珠鸡居住的院子里。天仍是黑蒙蒙的,我在桌上摸索着我的东西,那儿堆放着黄铜烛台和崭新的石膏圣像,是在我到达前夕从店里挑出来装饰房间的。外头庭院里,我可以听见菲尔曼给我的自行车在打气。厨房里,朱莉婶婶在扑哧扑哧地吹火。等到动身时,太阳的光芒刚好照射出来。可在我前面却有着漫长的一天：我要路过圣·阿戈特吃午饭,说明我再耽搁几日的缘由,而我希望及时赶到费尔特－东吉永,和我的朋友奥古斯丁·莫纳一起度过这个黄昏。

第三章　幽灵

我从未做过自行车长途旅行——这是头一遭。可不久前亚士曼暗地里给我上过几堂课,尽管我那只膝盖不争气,我还是学会了骑车。如果身手矫健的青年能够从控制这样一台机器中获得乐趣,对那种走上半小时路便要拖着一条腿大汗淋漓的苦主来说,那是要多出多少乐趣啊!而眼下,从小山顶上向着深谷俯冲下去像是长了翅膀似的;看到前方不远处的模糊景色分开,为你闪出一条通道并让树叶一路哗哗作响;轻捷地穿过村庄,一瞥之间风光尽收眼底……只有在梦中我才飘荡于这种快乐的飞翔。即便是那重重山丘也没有把我吓倒——毕竟,在那条把我带往朋友村庄的道路上我怎么可能感到不愉快!

"就在你快到的时候,"莫纳有一次告诉我说,"你会看到一个兜风的平板金属大轮子。"他不知道那个东西是干什么用的，或者可能是装作不知道，好吊一吊我的胃口。

直到太阳偏西时分我才瞅见那个大轮子，微风中辘辘转动，耸立在一大片草场上，很可能是给邻近奶牛场抽水用的。草场边界那一排杨树背后，村郊映入眼帘。道路循着一条小溪流蜿蜒而去，景色越来越开阔，直到登上一座桥，那个让大街分成两边的村庄才横陈在我眼前。

母牛在草场上吃草，芦苇丛中半隐半现；听着它们哞哞叫唤，我下了车，抓住自行车的车把站着，扫视那片我要把如此扰人的消息带入的静谧场景。那些房屋，用跳板那样的小木桥与道路连接，在路旁沟渠的边沿排成一行；它们可能就是收拢了风帆的小船舶，要在那儿抛锚过夜呢。这是各家各户的厨房里生起火来的时候。

站在那儿，出于畏惧，确切地说是出于一种不愿去打破这种安宁的心理，我变得心虚起来。这种突如其来的彷徨，由于记忆而愈加止步不前了，我记得婶婶摩瓦奈勒也是住在费尔特－东吉永，她在村里的小广场上有一所房子。

她其实是姑姥姥。她的孩子全死掉了，而我跟最小的那个却很熟，他叫恩斯特，一个将要成为教师的高个子青年。他父亲，我的姑老爷摩瓦奈勒，镇公所的前执事，是在他死后不久去世的。眼下姑姥姥便独自住在那所怪怪的小房子里，满是拼缝的地毯。每一张桌子上都有纸做的猫儿、母鸡和公鸡；墙上挂着旧文凭、早已过世的亲人肖像以及用他们的毛发编织而成的圆形饰物。

置身于那些凄凄切切的纪念物中，她表现出奇特的好心情。当我找到她居住的那个小广场，透过那扇半开的前门大声叫唤时，便听到三间彼此连通的房间的最后一间传来她高亢尖细的惊叫声：

"哎呀呀！哎呀呀！"

她将炉灶上的一点咖啡给打翻了——她究竟为何要在眼下这个时辰煮咖啡呢？——随后便露面了。勃然站立，挺起胸膛，头上戴着同时是便帽、软帽和兜帽的某个东西。那玩意儿高高栖落在她隆起的大额头上，让她有了蒙古人或是霍屯督人的那种面貌，她不停地爆发出一小串呵呵大笑，露出那残留的细小漂亮的牙齿。我搂住她时，她飞快而笨拙地抓住我的一只手。然后以一种神秘兮兮的方式，而这么做是相当无谓的，既然总共是只有我们两个人，她在我手里塞入一小枚硬币，我都不敢看它一眼，不过猜到是一个法郎。接着，当我左右为难，不知是要向她

道谢还是要请她解释时,她便拍拍我肩膀说道:

"拿上!我知道它是啥样子的。"

她一向是贫穷的,总是借了花,花了借。

她会用尖尖的却是兴高采烈的假嗓子说道:

"我总是这么的笨,总是这么的倒霉呗!"

以为我定然是和她自己一样为缺少几个硬币而满心发愁,那个善良的老太太没等我喘一口气,便硬是把她每日家用开支剩下的那点钱塞给我。从那时起,她每每是以这种方式迎接我的。

晚餐少不得是怪异的——半是可悲,半是奇特。她把蜡烛放在伸手可及的地方,而某一刻会把它拿掉,让我半个身子处在黑暗中,或是把它放到另一个地方,搁在一张小桌上,那里堆放着带有缺口和裂缝的盘子和花瓶。

"这只瓶子的把柄,"她说道,"让七〇年的普鲁士人给捣碎了。因为他们没法把它带走。"

而正是这只带有历史悲剧性的花瓶,让我想起多年前的一个夜晚,当时我们吃过晚饭在这所房子里过夜。父亲带我到约纳县去让一名专家给我诊断膝盖。我们要去赶一班破晓时分在费尔特停留的直达列车……我回想起那些差劲的饭菜和那个镇公所老执事的冗长故事,他坐在那儿絮叨，胳膊肘支在桌上，面前放着一瓶粉色的葡萄酒。

我还记得那个晚上我是何等害怕。因为晚餐后，在炉火前，摩瓦奈勒婶婶把我父亲拉到一旁，要给他讲一个鬼故事："我转过身去……啊！我可怜的路易，我看见什么了？一个浑身灰白的小女子……"她脑子里净是这种吓人的胡诌。

而今晚也是如此。吃过晚饭，由于白天的奔波而疲倦了，我便穿上一件姑老爷摩瓦奈勒曾经穿过的方格子睡衣，在大房间里上了床，这时她过来坐在我旁边，用她那种最为神秘和最为尖细的嗓音说了起来：

"我可怜的弗朗索瓦，我要给你讲一点我从来没有对人讲起过的事情……"

"算我倒霉，"我心想，"她又要把我一个晚上的睡眠给吓跑了，像十年前那样……"

可我听她讲。她直视前方，频频点头，仿佛是在对她自己讲故事似的：

"我是在从游园会回家的途中，和摩瓦奈勒一起。自从可怜的恩斯特死后，这是我们一起参加的第一个婚礼。我妹妹阿黛勒在那儿。我有四年没见她了。是摩瓦奈勒的一个老朋友——他很有钱——请他去参加他儿子的婚礼，在一个名叫撒伯隆尼埃的地方。于是我们就雇了一辆马车——那也是好大一笔费用呢。我们正驾车返回，大概是早上七点，是隆冬季节。太阳刚刚出来。方圆几英里内绝对是没有人的。这时突然间，在我们前面的路上，我看见什么了？一个小家伙，一个年轻人，非常矮，非常英俊。他站在路中间，等着我们赶上他。很快，我们就看见他的脸了——这么白又这么漂亮，吓死人了……

"我紧紧抓住摩瓦奈勒。我抖得像一片树叶。我心想，这是仁慈的天主现身哪！……我悄悄地对摩瓦奈勒说：'看！幽灵！'……

"他冲我发起火来。

"'住嘴，你个老唠叨鬼！'他说道，'我和你一样看得见他的。'

"他不知道如何是好。接着马儿就停了下来……凑近看，你可以看见这可怜的东西有多苍白，额头上满是汗水——戴一顶旧贝雷帽，穿着长裤……随后一个非常甜美的声音说道：'我不是男人，我是个姑娘。我逃了出来，可我跑不远了。让我搭你们的车好吗？'

"于是我们就叫她上来。可她刚上车就晕过去了。而你无论如何都猜不到她是谁。她是那个年轻人的未婚妻，我和你谈起的撒伯隆尼埃,我们被请去参加婚礼的地方,那个年轻人,弗朗茨·德·加莱。"

"可那儿并没有什么婚礼,"我说道,"既然未婚妻都跑了!"

"是这样的,"她说道,两眼望着我发愁,"那儿没有婚礼。而这全是由于那个可怜的姑娘让一大堆傻念头钻进了脑子。她把事情都跟我们讲了。她名叫瓦朗蒂娜,是一个穷织布工的女儿。她自以为,她是配不上这种幸福的,那个男孩太年轻了,他给她描绘的那些美好事物全是编出来的,因此到了弗朗茨去接她的那个时候,她就害怕了。在布尔日的大主教宫殿的花园里,他和她还有她姐姐谈话,不管天有多冷,风有多大。那个年轻人爱的是妹妹,单是出于礼貌,对姐姐献了点殷勤。而我这个可怜的疯丫头就开始胡思乱想了。她说她要进屋去拿块披肩,接着便布下迷魂阵,穿上男人的衣服,立刻沿着去巴黎的大道步行而去。

"她未婚夫拿到一封信,信上说,她同她所爱的另一个男人相会去了。而信上写的没有一句是真话……

"'我为他做出了牺牲,'她对我们说道,'而不是成为他的妻子,我就更幸福了。'一点没错,受迷惑的可怜的小孩子,可他根本就没有一点要娶她姐姐的意思!他所做的就是把一颗子弹射进他的脑袋。他们在林子里看见了血迹,可根本没有找到尸体。"

"而你们对那个可怜的姑娘做了些什么呢?"

"我们先是让她抿一口白兰地。然后给她吃了点东西。我们回到家就在火炉旁边给她搭了个床铺。冬天很大一部分时间她都是在这儿度过的。只要天还没黑,她整天都是做针线、裁衣服、装饰帽子,或是帮忙干家务活,从早到晚都在忙这些事。那边你看到的那块饰品就是她缀补的。自从她在这儿住下后,燕子到门外筑巢了。可到了黄昏,天黑下来时,白天的活做完了,她会找个借口悄悄走到外头院子里,或是花园里,或是街道上,即便天气很冷,要把石头冻裂。而我们会发现她在那儿,哭得心都碎了。"

"'好啦,好啦,'我会说,'告诉我是怎么回事!'

"'没什么,摩瓦奈勒夫人。'

"她便又进屋了。邻居说:

"'你找了一个非常漂亮的小使女,摩瓦奈勒夫人。'

"我们再三恳求,可她决意要去巴黎,到了三月份她便走了。我送了几件衣服给她,都是她改做的,而摩瓦奈勒买了火车票,还给了她一点点钱。

"她也没有忘记我们。眼下她成了巴黎的一名裁缝了，住在圣母院旁边。她给我们写信，总是询问撒伯隆尼埃的消息。因此，为了让她彻底定下心来，我就写信告诉她，那块领地卖掉了，一切都拆毁了，那个年轻人一去不复返了，他的姐姐嫁人了。就这一点来说，我倒认为是符合实情的。其后，我的瓦朗蒂娜就不像她以前那样经常写信了……"

假如这不是摩瓦奈勒婶婶用了与此番叙述如此相辅相成的尖细嗓音讲给我听的一个鬼故事，那么它照样还是极其令人不安的。一则是我们对流浪汉弗朗茨发过誓，我们会待他亲如兄弟的，而如果真是这样的话，那证明它的机会就到了……

可是，把我刚刚听到的事情告诉莫纳，给他未来的整个幸福都蒙上阴翳，这样做合适吗？让他投身于另一场徒劳的追逐，那会有什么意义呢？我们确实是有那个姑娘的地址，可此时此刻，我们的流浪汉却是在世间的哪个角落呢？……我争辩说，疯子就该让他们自己疯去。德鲁什和布亚东的说法并无大谬：我们在变化无常的弗朗茨的手上吃足了苦头。而我打定主意什么都不跟莫纳讲，直到看见他稳稳当当地和德·加莱小姐结婚为止。

这个决定放下后,我仍是抱着那种灾难的预感而心情沉重。可我对自己说这是个荒谬的念头,便把它从脑海里驱赶了出去。

烛火在颤动。一只蚊子在嗡嗡叫着。可我的婶婶,双肘支在膝头,脑袋向前栽,戴着那块不到上床时间就绝不摘下来的天鹅绒头巾,却要把故事从头再讲一遍了……每过片刻她都要抬起头来,看看故事给我造成了何种印象,或者可能是看我是否还清醒来着。最后,打熬不住了,我仰头躺下,闭上眼睛,装作要瞌睡的样子。

"可我看你是想睡了。"她说道,语气稍有些失望。

我觉得过意不去,便硬着嘴说道:

"一点都没有,婶婶,我向你保证……"

"哦,可你肯定是想睡了。再说,我也不能指望你对那些故事感兴趣,说的都是你从未听说过的人……"

这一次我胆怯得都不敢答腔了。

第四章　我带来了消息

次日上午，拐入大街时，那晴朗的假日天气，美好的安宁，还有新的一天开始时村庄苏醒过来的那种熟悉的嗡嗡嘤嘤，让我恢复了信心——说到底，我不是来报喜的吗？……

奥古斯丁和他母亲住在从前的校舍里。他父亲因一笔遗产而富裕起来，过了几年退休生活，在他去世时，奥古斯丁希望把学校买下来，老人家在那儿教了二十年书，他自己在那儿学会了读书。倒不是说那幢方方正正的大房子显得有多亲切：它看上去其实像镇公所，而它过去确实是镇公所。底楼安装的窗户比街面高出很多，谁都不曾从那些窗子朝外张望过；而屋后的院子，没有树木，围着一圈盖了顶的窝棚，隔断周遭的乡野景致，比我见到过的任何一个荒凉的操场都更为严厉和干燥……

在那个开有四扇门的过道里，碰见莫纳夫人从院子里进来，提着一个大大的洗涤篮，看来在这个漫长的假日早晨，她一早就把洗好的东西拿出去晾晒了。丝丝缕缕的白发从那顶老式软帽下漏出来，而那张容貌端正的面孔浮肿而倦怠，仿佛是度过了一个不眠之夜似的。她低垂着头，像是在郁郁不乐地沉思。

可她看见我并认出来时，却露出了笑容：

"啊，你来得正是时候。他要外出了。我一宿都在给他做账，帮他收拾东西。火车五点钟开，可我希望来得及把东西都准备好……"

从她那种态度可以认为，事情整个是由她本人定下来的，可她或许是一点都不知道莫纳要去什么地方。

"上去吧，"她说道，"你会在镇长办公室找到他的。他在写东西呢。"

我急忙上了楼，推开楼梯右边那扇门，门上仍钉着一块标有"镇公所"字样的牌子，便走进了一个有四扇窗子的大房间，两扇开在街侧，两扇俯瞰田野。墙上挂着共和国前任总统的褪色肖像——格雷维和卡尔诺。一座平台占据最里端整面墙的宽度，上面放着一张铺绿呢桌布的桌子，还放着几把镇委会成员曾经占据过的椅子。镇长的扶手椅里坐着莫纳，在一个心形的老式陶瓷墨水池里蘸着笔。正是在这里，在这个更适合于某位退休公务员的场所，莫纳度过了那个长假，在他没有去乡下游荡时……

他一看见来人是谁就站了起来，可并没有我预想的那般踊跃。

"索莱尔！"他叫道，像是大吃一惊似的——而他就说了那么一句话。

一模一样的高个子，一模一样的瘦骨棱棱的面孔和平头。一抹乱糟糟的胡须开始在嘴唇上方蔓延开来。神情和从前一样坦率，可某种东西像一层迷雾使得往日的热情变淡漠了，只在少有的几个瞬间闪现从前的热烈，会将那层迷雾驱散……

见我到来他显得十分不快。我纵身一跃就上了平台，可让我吃惊的是他甚至都没想到伸出手来。他朝我转过身，手放在背后，向后靠在桌子上，一副尴尬之极的模样。他看着我，其实却没有看见我，像是在考虑该说什么话似的。总是要这样斟字酌句，他才慢慢说起话来，像那种独自生活的人——猎手、探险家——他会不假思索地做出决定，无须考虑那些可以把它说清楚的话语。而既然我站在他面前,他就不得不要尽其所能地想出一些词句,以便做出解释了。

与此同时,我尽量摆出一副漫不经心的姿态,告诉他我是如何到达的,是在什么地方过夜的,见他母亲在为他起程做准备我是多么的惊讶……

"啊!她都告诉你了?"

"只是说你要外出……我想只是一趟短途旅行吧。"

"不。是路程很长的旅行。"

我感到不知所措了,但是确信会立刻把取消他计划的话说出来,不管那是些什么样的计划,眼下我是张口结舌,想不出如何用最合适的方式将话题打开,说出我此行的使命。

可他总算是开口说话了,却是那种设法替自己开脱的人所采用的语气。

"索莱尔,圣·阿戈特时期那场奇怪的历险对我来说意味着什么,你是知道的。那是我活着的一个理由,是我活在世上的唯一希望。没有了那个希望,那还剩下什么呢?我岂能像别人那样继续生活下去呢?……

"可在巴黎,我倒确实是试着那样活下去的,当我看到一切都完了,再也没有必要去寻找迷失的领地时……但是，一个曾经误入天堂的人怎能希望去和尘世达成协议！绝大多数人认为是幸福的东西在我看来是可鄙的。当我处心积虑并真心诚意地试图像其他人那样生活时，我心里积存的是太多的自责，够我维持很长一段时间了……"

我坐在桌边的椅子里，凝视着地板，倾听着，却不朝他看，一点都没有听明白他这一番迂回曲折的解释。

"可是莫纳，"我终于说道，"把话说得更直白些吧。为什么要做这趟长途旅行？莫非是做了某件得去纠正的错事，或是去履行某个你得要信守的诺言？"

"嗯，确实是这样的。你记得我向弗朗茨许下的那个诺言吧……"

"啊！"我如释重负地插话道，"如果是那样的话……"

"不仅仅是那样。也可能是存在着一个要去纠正的'错误'，两者相互牵扯……"

随之而来的沉默中，我下决心说话并想着该如何开口，这时他又接着说道：

"只能那样来解释了。我当然是希望再一次见到德·加莱小姐的——只是为了看到她……可眼下我确信，当我发现那个无名的领地时，我是处在某个完美的高峰，某个纯净的高峰，而这我是再也无法到达了。只有在死亡中，正如我在信上曾经跟你说的那样,我才有望去重温那个时刻的美……"

接着便朝我走近一点,用一种新的口吻,带着一种奇怪的兴奋说道:

"可是听着,索莱尔!这个新的计划,这次长途旅行,那个我犯下的必须补救的错误,某种程度上只是从前那次历险的延续……"

他停顿一下,像是要苦苦理清他的记忆似的。我放跑了一个机会。我决心不让另一个错过,便开口说话了——说得太性急了,稍后便万分懊悔,没有先等他把那番自白说下去。

我因此便将那些一直在排练的话都吐了出来——那些话适合于片刻之前而非眼下这一刻的情境。我几乎都没有抬头朝他看,便静静地说道:

"假如我告诉你希望并没有完全失去呢?……"

他看着我,接着便刷地掉转头去,涨红了脸,此前和此后我都从没见过一个人脸红成那样:那种一定是咚咚撞击太阳穴的满脸涨红。

他终于用一种低得几乎听不见的声音说道:

"你什么意思?"

于是，我把我自己知道的、做过的一切，如此这般，从头到尾都告诉了他，而既然整个情境都变了，那就像是伊冯娜·德·加莱本人派我来找他似的。

此刻他是面如死灰。

他一直都是在默默倾听，肩膀微微耸起，是那种无意间被逮住的人的姿态，设法自卫，或是躲藏，或是逃逸。我记得他只有一次打断我的话头。我谈起撒伯隆尼埃的毁坏，几乎是附带着说道，作为他已知的那片领地，它是不复存在了。

"那你看到了吧！"他大声说道，像是一直在等机会要替他的行为以及他所陷入的那种绝望开脱似的，"你看——什么都没留下来……"

确信我们所提供的那些利器会扫除任何残余的顾虑，我便告诉他弗洛朗丹叔叔发起的野餐会，以此结束我的叙述。我说德·加莱小姐会骑马过去的，他本人也受到了邀请……

可他显得六神无主，并且一言不发。

"因此，"我有些不耐烦地说道，"你的这趟旅行不得不取消了。我们最好是去跟你母亲说一声。"

他在楼梯上犹豫片刻，然后便说道：

"你当真觉得我应该去参加那个野餐会？"

"哦，当然——这还用问嘛！"

他就像某个你不得不推着肩膀才挪步的人。

我们下了楼，奥古斯丁便跟他母亲说我要留下来吃午饭，吃晚饭，然后过夜，而他准备去租一辆自行车，次日早上和我一起骑车回旧南赛去。

"哦，当然。"她说道，点点头，仿佛这完全是在她意料之中似的。

我在那间小小的餐室里坐下来，餐室墙壁上装点着带插图的日历、短剑，还有装饰华丽的皮革瓶，那是奥古斯丁的一个叔叔从苏丹带回来的，他在那儿和海军陆战队合作过。

午饭前奥古斯丁借故离开片刻，走进隔壁他母亲替他打点行李的那个房间。而我听见他低声对她说，别把那口行李箱打开，因为旅行可能只是推迟……

第五章　远足

去旧南赛的路上很难跟得上奥古斯丁，因为他像自行车手那样骑车，甚至蹬着踏板骑上陡峭的山冈。头一天无法解释的犹豫让位于那种急欲向前的紧张狂热，而这让我觉得有点害怕。在我叔叔家，他同样显得不耐烦，似乎难以将注意力集中在任何事情上面，这样直到次日上午十点，我们都在马车里落座，准备动身去河岸边为止。

这是八月下旬，夏天临近结束；栗子泛黄的空壳已撒落在发白的路面上。我们没走多远。我们要在歇尔河附近的欧比耶农场碰头，离撒伯隆尼埃大概两公里路。我们不时遇上其他坐在马车里的客人，甚至骑在马背上的小伙子，弗洛朗丹以德·加莱先生的名义对他们擅自发出了邀请。正如前一次，请柬发给了富人，同样发给了穷人，发给了业主也发给了农民。看到亚士曼·德鲁什沿路骑着自行车因此也就不奇怪了。前段时间我叔叔通过那个林务员巴拉迪埃同他结识了。

"没想到,"莫纳瞥见亚士曼便发表意见道,"偏偏是他那种人倒是有了线索,而我们还大老远地跑到巴黎去搜索呢。"

每次瞥他一眼,似乎都要让莫纳增添新的怨恨。德鲁什正好相反,为能赢得我们的感激而顾盼自喜,并像忠诚的护卫那样特意将车骑得尽可能贴近我们的马车。他煞费苦心地作了一番梳妆打扮,但结果我以为是相当令人痛心的,眼看他那件破旧夹克衫的下摆拍打着自行车的挡泥板……

尽管是和蔼可亲地步步跟随,可他那张小老头的脸就是没法惹人喜爱,而我替他感到难过了。可那一天结束前有谁会不让我感到难过的呢?……

如果没有那种惋惜和拘束的阴暗感觉,我是永远无法回想起那一次远足的。我曾热切期待过它!一切似乎都协力走向幸福的结局。可点滴幸福都没出现……

可在那个阳光明媚的早晨,有什么能比歇尔河的岸边更美丽动人!我们在一个徐缓斜坡的底下停车,在坡上眺望绿色草场和柳林的全景，纵横交错的树篱将景色分割成一系列可能是私家花园的小园子。对面河岸的灰色山丘，峭壁耸立，怪石嶙峋，而地平线上那些斑驳的林地中间，望得见带有浪漫塔楼的小小城堡。远处不时传来佩弗朗吉城堡中那些猎狗的狺狺咆哮。

我们去往河边，走在迷宫似的羊肠小道上，满是洁白的鹅卵石或沙泥——小路靠近河边时，泉水变成小溪流。我们的袖子让野生醋栗灌木丛的棘刺钩住。有一刻我们没入沟谷的沁凉阴影中，片刻之后从一条树篱的断裂处钻出来，进入那片洒满山谷的明亮充沛的阳光。河对岸有个人坐在岩石上耐心垂钓。再也不会有更加美丽的一天了。

靠近一组白桦林，我们在草地上坐了下来：它和某块宽广的草坪一样平滑光洁，有着做游戏的充足空间。

马儿被解下了挽具，被牵向欧比耶农场。我们在树下开始打开那些食物篮的盖子，在草地上将我叔叔提供的折叠桌椅摆放起来。

接着便有人提议，应该派人去岔道口驻扎，指示那些迟到的人如何到达我们选定的地址。我自告奋勇，而莫纳和我一起去。我们在那座吊桥的附近上岗，那个有好几条路径交会的地方，包括通向撒伯隆尼埃的那条路。

我们来回走着消磨时间，谈及旧日时光。从旧南赛来的另一辆马车映入眼帘，把那些陌生的乡下人带给我们，其中一个高挑的姑娘佩戴着飘扬的缎带。又是长长的等待，直到一辆驴车缓缓驶来为止。车上坐着三个小孩子，他们的父亲从前是撒伯隆尼埃的园丁。

"我似乎认出来了，"莫纳说道，"我想那两个就是那天晚上拉住我手的人，游园会的第一个晚上，带我到餐厅去的……"

这时那头驴子不肯再往前走了，而孩子们从车上跳下来，使出浑身力气拉它，推它，打它。莫纳对他们失望了，假装是认错了人……

我问他们路上是否看见德·加莱先生或德·加莱小姐了。一个说他不知道。另一个说他认为是看见了。弄得我们不想再问了。

最后他们朝野餐场地走去，拽着缰绳，从后面推着车，而我们重新开始值班。莫纳凝视着撒伯隆尼埃那条路的拐弯处，怀着恐惧的心情，守候着他曾如此热烈地寻找过的那个人的到来。他心头涌起一股奇怪的、近乎滑稽的怒气，而他用亚士曼出气。从那个爬上去便可以把路看个分明的土丘顶上，我们可以看见德鲁什在那儿，在一大抹绿色上面，充当人群里的中心人物。

"瞧那个白痴吹嘘上了！"莫纳说道。

"这有什么关系呢！可怜的家伙，他并没有恶意嘛。"

可莫纳不依不饶。我们观看时，一只野兔或松鼠想必是从灌木丛里跑了出来。亚士曼，仿佛他的声望需要他做出某个姿态似的，装作去追赶它了。

"好哇！他在冲刺了！"莫纳说道，好像这是无上的骄慢似的。

这一次我忍不住笑了。莫纳也笑了，但是笑容转瞬即逝。

又过了十五分钟。

"她可能是不会来了。"他说道。

"可她答应过的。试着耐心等待。"

他又在凝视那条路了。可没过多久他再也受不了那种紧张了。

"听着，弗朗索瓦。我要回到别人那儿去了。我不知道现在等待我的是什么样的命运，可我觉得，要是我留在这儿的话，她就永远都不会露面了——我只是不能相信再过几分钟就会看见她从那条路上过来……"

他朝着场地走去，留下我一个人。为打发时间，我沿着撒伯隆尼埃的小路走了一百码左右,接着在第一个拐弯处便看见了她,侧骑在马上,而只有这一次,那匹老白马是那样欢快,她不得不勒住缰绳以防它一路小跑。德·加莱先生费力地走在马首边。他们一路上必定是轮换着走走骑骑的。

见我是一个人,她便露出微笑,迅速下马,把缰绳递给父亲,朝我走过来,而我跑上去迎接她。

"我很高兴只有你一个人,"她说道,"因为我不想让可怜的老贝利泽勒当众出丑,也不想把它放在别的马当中。一则它又老又丑;再则我总是害怕它会被踢伤的。我敢骑的只有这匹马了;因此一旦它没了我就永远不能骑马了……"

我从这迷人的体态与欢颜底下察觉到一丝急切和近乎焦躁的情绪,和莫纳一样。她说话比平常快了一点,尽管是双颊绯红,可眼圈和前额却格外苍白,泄露出内心的紊乱。

我们决定将马儿拴在路旁小灌木林的树上。那位老绅士,一如既往地沉默寡言,从马鞍的袋子里掏出笼头,然后将马儿系上——有点太贴近地面了,我心想。我答应叫人从农场送干草和燕麦以及一些稻草来喂它……

德·加莱小姐便朝野餐场地走去，如我想象中的那样朝湖岸边走去，当莫纳第一次看见她的时候。

一只手挽着父亲的胳膊，另一只手拉开披在连衣裙外的轻便斗篷，她朝那群人移步而去，带着那种孩子般的庄重，她性格中极其重要的组成部分。我走在她身边。那些客人，四散的或做游戏的，全都抬起头并且聚拢过来向她致意，在她靠近时都停止了说话。

莫纳站在一群年轻人中间，除了个子比绝大多数人高，和同伴并没有什么区别。他丝毫没有做出让人注意他的动作，没有打手势，没有向前走一步——我看见他在那儿，一身灰色套装，呆立不动，像其他所有人那样凝视着这个姑娘的到来，而她的美是如此使人流连。可他终于做了一个半是无意识的动作，用手摸了摸脑袋，仿佛是觉得在这么多头发梳得整整齐齐的小伙子中间，他那个和乡村劳工一样的平头让人见了会有些尴尬似的。

德·加莱小姐眼下让人围了起来。她不认识的年轻人在被逐一介绍。眼看就要轮到我的朋友，而他和我一样觉得慌张。临到我亲自要来做介绍了。可我还没来得及开口，她便朝他转过身来，神态是出人意料的自信：

"啊，是奥古斯丁·莫纳。"她说道，便伸出了手。

第六章　远足（终篇）

其他人都争先恐后地向伊冯娜·德·加莱致意，而这一对就被分开了。午餐时他们运气不好，没有被安排在同一张桌上。可莫纳似乎恢复了自信和愉快的情绪。我发现我自己单独夹在德鲁什和德·加莱先生中间，而吃饭时有两三次，当我引起远处莫纳的注意时，他就给我发出亲密的信号。

只是到向晚时分，聚会的人多半是在做游戏、游泳、叙谈或是在欧比耶湖上划船，这时莫纳才又和德·加莱小姐面对面在一起了。他加入了德鲁什和我的行列，我们便坐在随身携带的庭园用椅上，而她当时从她似乎有些腻烦的那群年轻人中摆脱出来，朝我们走了过来。我记得，她问我们为什么不到湖上去划船。

我说下午早些时候我们划过船了，可是很无聊，我们厌烦了。

"那为什么不去河里玩玩呢？"

"水流太急了，我们会被冲走的。"

"我们该拥有的，"莫纳说道，"是一艘汽艇或汽船，像我们从前曾经拥有的那样。"

"现在没有了，"她说道，声音轻得几乎像是耳语，"我们把它给卖了。"

出现一阵令人尴尬的沉默，而亚士曼趁此机会去找德·加莱先生。

"我想我知道在什么地方可以找到他的。"他说道，便走了开去。

说来也怪，这两个人全无相似之处，一见之下彼此却产生了好感，几乎是整天形影不离。德·加莱先生还把我拉到一旁说，他从亚士曼身上得到的是一个满是机敏、恭顺和才干的朋友。就我所知，他把老贝利泽勒的存在及其藏身之处都透露给德鲁什了。

我也不知道是否该退出，可另外两个人显得那样不自在，彼此之间是那样含含糊糊，因此留下来似乎更明智些……

可亚士曼的审慎和我的周到都没什么用处。他们说话了。不过要命的是，出于他自己未必意识到的一种执拗，莫纳不停地谈到过去，谈到过去所有令人惊奇的事物。而每一次招魂都只能让那个备受折磨的姑娘重申，一切业已消失：那幢奇怪而复杂的老房子拆掉了，那个湖抽干填平了；那些小孩子及其华丽的戏服消散了……

"啊！"莫纳绝望地叹息道，仿佛清单上每一件物品的消失都是在增添新的论据，就此对那个姑娘提出异议，或是对我提出异议……

我们肩并肩走着……我竭力把话题引开，以便将我们三个人头上降落的那份阴郁驱散，可是没有用。而莫纳冷不丁再次回到他沉湎的问题之中。他一个劲儿地问她问题，打听他在领地上见过的一切：那些小女孩，那辆破旧的四轮带篷马车的车夫，那些比赛用的小马驹……

"它们也卖掉了？你是说那个地方一匹马都没有啦？"

她只能回答说，一匹都没有了。她只字未提贝利泽勒。

随后他便讲起他那个房间的物件：烛台，大镜子，断了弦的诗琴……他咋咋呼呼地加以列举，仿佛是决意要核实，他神奇的历险是什么痕迹都没留下，这个姑娘是拿不出一片残骸证明他们两个都没有做梦，就像那种从大海深处只拿出一捧海藻和石子的潜水员……

德·加莱小姐和我一样，忍不住笑了，笑得有些悲哀。于是她便设法解释道：

"德·加莱先生和我试着与可怜的弗朗茨和睦相处的那个美好城堡，你是再也见不到了……

"我们是用自己的生命去满足他的愿望，他是那样奇怪的一个人，而且是那样迷人。可那个晚上他的婚约告吹后，一切便都离我们而去了。

"父亲已经破产了，只是当时我们都不知道。弗朗茨欠了债，那些债主，他从前的朋友，一听说他这个人不见了便全都跑来要钱了。这把我们弄得一贫如洗。母亲死了，而我们在几天内便失去了所有朋友。

"假如弗朗茨还活着，假如他再回来找到他的朋友，找到他心爱的姑娘，假如婚礼终究是要举行的，那么事情或许还会像从前一样的。可那过去了的还会再来吗？"

"谁知道呢？"莫纳沉思着说道。而他便不再打听什么了。

我们走过一片已然泛黄的厚厚的草皮，几乎悄无声息。奥古斯丁身旁走着那个他以为永远失去的姑娘。当他提出一个冷漠无情的问题时，她那张可爱的面孔就会慢慢地朝他转过来，而她会抬头看他，眼里满是困惑。她把手一度轻轻地放在他的胳膊上，用那种信任而无助的姿态。大莫纳那一刻为何显得像个陌生人，像是没找到自己追求并对其他任何事情都不感兴趣的那种人呢？三年前，这样一个姿态肯定会让他大喜过望，甚至于害怕，说不定还要让他发疯呢。那么现在为何这样空虚，这样漠然，这样无力感受幸福呢？

我们走近那片小灌木林，那天早上德·加莱先生将他的马拴在那儿。沉落的夕阳将我们草地上的影子拉长。远处传来一片快乐的嗡嗡声，是人们做游戏的声音和小女孩的笑声，而我们在一种奇妙的安宁中保持着沉默。随后，从小树林另一边，从湖畔的农场那边，我们听到一个唱歌的声音。是男人的嗓音，年轻轻的，而且有一点距离——或许是有人在给牲口饮水呢。旋律是那种舞曲的旋律，可唱歌的人将它伤感地拉长，给了它某种老民谣的怀旧调子：

　　我穿上了红鞋子……
　　情人，再见！
　　我穿上了红鞋子

永别了，再见！

莫纳竖起了耳朵聆听。这是游园会最后那个晚上那些迟到的农民唱的曲子，当时分崩离析已经到来，是永不再来的奇妙日子的另一种记忆，而且是那种最不和谐的记忆。

"听……你们听见了吗？"他低声说道，"我要去看一下那是谁。"

他迅速掉转头，朝歌声传来的方向跑去，笔直穿过横亘其间的那片小树林。歌声几乎是立刻就打住了。随着唱歌的人愈行愈远，可以听见他在向牲口吹口哨，接着就悄无声息了……

我朝同伴看了一眼。她郁郁沉思，意兴阑珊，眼睛始终一动不动地看着莫纳消失于其中的那片小树林。日后有多少次，她会同样忧郁地凝望着那片大莫纳将永远消失于其中的树林。

"他心里不快乐，"她难过地说道，"而我或许是什么都帮不了他的。"

我欲言又止，生怕肯定是飞快赶到农场的莫纳已经走在回来的路上，会听见我们在谈论他。而我本想鼓励她：

说她不必害怕冒犯他；他肯定是受到某个秘密的折磨，而他出于自愿永远不会将它透露给她或任何一个人的——这时我们听到小灌木林的另一头传来一声叫喊。随之而来的是蹄子踩踏的声响和马儿的嘶叫，接着是尖声争吵……我敢肯定是老贝利泽勒出事了，便赶紧朝那个喧闹的现场跑去。德·加莱小姐远远地跟在我后面。野餐场地上肯定是有人注意到我们的动作了，因为我进入那片丛林时听到那些跑过来的人发出的叫喊。

那匹老马，拴得太低了，一条腿缠在了绳索里。它一直静静地站着，直到德·加莱先生和德鲁什在漫步时走近为止；然后，或许是因为那种燕麦吃起来不对胃口吧，它激动起来并设法挣脱缰绳。那两个人设法把它解开，可事情做得笨手笨脚，它因此被缠得更紧了。此刻莫纳从农场回来正好遇见他们，看到他们如此无能，他火冒三丈，一把将那两个人推开，让他们差点儿四脚朝天地倒在灌木丛里。小心翼翼但是动作极快，他几下就把那匹马解开了。可是为时已晚，那畜生站着发抖，低着头，一条腿在身子下面挺直，从它这副样子可以断定，有一处跟腱肯定是扭伤了，或是断了一根骨头。马鞍一半滑落，而那马儿让人看着挺可怜。莫纳俯身在检查那条伤腿，但是一言不发。

他抬起头时,我们好几个人在那儿站成一圈。可他视若无睹。他气得脸色铁青。

"究竟是谁把它那样拴起来的?还让它整天驮着马鞍!说到马鞍,谁敢把它安在一匹几乎都不能套上车辕的马身上呢!"

德鲁什正设法开口说话,想把过错都揽到自己头上……

"你给我闭嘴,"莫纳说道,"都怪你,我看见你傻乎乎地猛拽笼头——好像那样就可以把它解开似的!……"

他又弯下身,用手掌摩挲那处受伤的跟腱。

德·加莱先生到目前为止还没说话,可惜他没能退居幕后。他挺直身子,结结巴巴地说道:

"海军军官没有那种习惯……我的马儿……"

"哦,原来是您的马!"莫纳插话道,语气较为冷静了,而他看着老人家时,脸都红了。

我期望听见他改变语气,甚至道个歉。可他的呼吸急促起来,而我看到,他是要把局面搞得更糟,是要把一切都彻底摧毁,从中获得一种苦涩而绝望的快意,他故意用不屑一顾的口气补充道:

"那我只能说，我可没法向您表示祝贺的。"

有人提议道：

"或许用冷水……要是让它站在浅滩上……"

莫纳又打断话头："只有一个办法，把这可怜的畜生弄回家去，趁它还能自己走路——没有时间可以耽搁了——然后把它放进马厩，别让它再出来了。"

几个年轻人赶紧上来帮忙，可德·加莱小姐却立刻婉拒了，她忍住泪水，脸颊火辣辣地跟每个人道别，包括莫纳，而他十分难堪，站在那儿不敢看她。她拿缰绳牵着那头畜生像是牵着朋友的手，与其说是领着它走，还不如说是仿佛在和它接洽似的……夏末的空气是温馨的，眼下天气更像是五月而不像是八月，习习微风从南边吹来，篱笆上的树叶子瑟瑟抖动……我们目送着她移步而去，胳膊从披挂在肩头的斗篷里伸出来，纤细的手攥住沉甸甸的皮缰绳。她的父亲在她身旁蹒跚而行……

而那一天就是那样结束的，篮子、盘子、刀子和餐叉收拢了，椅子和桌子折叠起来堆放了。四轮马车和运货马车一辆接一辆驶去了，载着包袱和乘客。帽子举起，手帕挥动。最后只剩下我们两个，和弗洛朗丹叔叔在一起，而他和我们一样怀着深深的失望，沉思无语。

随后我们便驱车离去，由一匹英姿飒爽的红棕色小马，踩着轻快的步点，拉着我们那辆弹簧颤悠悠的四轮马车。在道路一个拐弯处，车轮碾着沙粒，而莫纳和我坐在后面，很快就看不见老贝利泽勒及其主人所拐入的那条横路的路口了……

接着，我的伙伴——他是地球上所有居民中我认为最无能力哭泣的人——毫无预兆地把那张因涌流不止的泪水而破碎的面孔朝我转过来。

他把手放在弗洛朗丹的肩上。

"请把车停下来……别管我。我要走回去。"

他用手按住挡泥板纵身跳到地上，而让我们目瞪口呆的是，他转过身背对我们，便跑了起来，一路跑到我们刚经过的那条横路：通往撒伯隆尼埃的小道。它会把他带到冷杉树林中的那条林荫道上去的，而在那儿，一个迷路的流浪汉，他躲在了低垂的树枝后面，倾听着几个不知名的迷人的小孩子在进行一场神秘的对话……

而就在那天傍晚，在断断续续的啜泣声中，他请求德·加莱小姐嫁给他。

第七章　婚礼日

这是早春二月的星期四,一个晴朗寒冷的下午,刮着大风,是三点半——或四点钟。村子里,从中午就开始铺在树篱上晾晒的洗涤物品让风拍打着。家家户户的餐室里,火炉的一线光辉将如同是摆放在祭坛上的涂漆玩具照亮。小孩子玩腻了,便坐在母亲身旁听她讲述婚礼日的故事……

对那种宁愿不幸福的人而言,那儿有阁楼可以让他聆听沉船吱吱嘎嘎的呻吟直到夜幕降临为止,或是有朝天大路上的风会吹得围巾堵住他的嘴巴,像一个突然的吻让人热泪盈眶。可对那种热爱幸福的人而言,那儿却有一座傍着泥泞小路的房子,是撒伯隆尼埃的那座房子,而它的门刚刚将我的朋友莫纳和正午时分成为他妻子的伊冯娜·德·加莱关了起来……

他们的订婚持续了五个月。那是一段安宁的时光，安宁得像是他们初次相遇时未曾有过的那样。那段时间莫纳多次造访这座房子，有时是驾车，有时是骑自行车过来。每周有两到三次，德·加莱小姐坐在望得见高沼地和树林的大窗户旁，做针线或是读书，她会瞥见他高高的侧影从窗帘前面一闪而过，在他沿着最初把他带到领地的那条迂回路径到来时，而这是他对往日记忆所做的仅有的暗示——缄默的暗示。他那种难以解释的内心折磨似乎让幸福击退了。

这平安的五个月里发生的一件事，对我而言是创造了历史，可并未引起巨大的轰动，我被任命为圣-伯努瓦-德尚的乡野之地的小学教师，因为你几乎难以把它叫作乡村。它由几座散落的农场组成，而校舍独自矗立在路旁的小山坡上。我在那儿过着孤单的生活。可如果我抄近路穿过田野，便能在四十五分钟内到达撒伯隆尼埃。

另一个变化，是德鲁什眼下住在旧南赛，和做泥水匠师傅的叔叔在一起，适当的时候他将接手这门业务。他经常来看我。莫纳在未婚妻的请求下，现在对他友善些了。

而这便说明他和我何以四点钟碰巧在那个地方游荡，

既然其他参加婚礼的客人都回家去了。

仪式非常安静,是于正午时分在撒伯隆尼埃的旧礼拜堂里举行的,那座仍旧矗立并且半是掩映在小山坡的冷杉树林中的礼拜堂。用完简便的午餐,莫纳夫人、索莱尔先生和米莉以及弗洛朗丹和其他几个人便驾车离去了。亚士曼和我留了下来……

我们走在屋后伸展的那片林子的边沿。我们的一侧是大片的荒地,而那是大城堡及其外屋从前矗立的地方。我们嘴上没说,心里感到极度不安,虽然说不清楚是什么原因。漫无目标地闲逛时,我们便设法摆脱焦虑,将注意力引向野兔的踪迹或是窝巢,或是刚让兔子蹭过的一摊摊沙子……零星出现的罗网……偷猎者的脚印……可我们不停地转过身子,朝林子边沿那座房子再看上一眼,而它显得如此寂静,令人费解……

望得见冷杉树林的那扇大窗户前有一座木头阳台,半是掩埋在随风摇晃的杂草当中。窗玻璃映照着室内炉火投射的暗沉沉的红光,而一个影子间或在窗上移动过去。四下里——田野上、菜园里、农舍内——从前外屋的唯一遗迹——生命陷于停滞。佃户们去村里庆贺年轻主人的婚礼了。

因薄雾而变得潮滋滋的风,足以润湿我们的脸颊,间或送来一阵钢琴声,像一段迷途的乐曲。我驻足聆听。音乐是来自那座神秘莫测的房子的深处,起初像是某个缥缈的试探性声音,让过度的喜悦吓跑了,或像是那种小孩子的笑声,她去把所有的玩具拿出来,在新来的玩伴面前把它们摊开……那也像是一个女人羞怯的询问的目光,她穿上了最美的礼服,可还拿不准是否招人喜爱……这段旋律,以前我从未听到过,是对幸福的一种祈祷,是让命运不要过于残忍的恳求,是向幸福颔首致意而同时屈膝下跪……

我对自己说:"他们终于获得了幸福,那儿莫纳就在她身边。"

知道这一点,对此有了把握,就够让我这个单纯的小孩子感到心满意足了。

沉浸在这些思绪中,我的脸上湿成了一片,仿佛是被吹过沼泽地的风送来的海沫溅洒了似的,我感觉到有一只手搭在我肩膀上。

"听!"亚士曼悄声说道。

我转过头看他。他示意别动,便站着不动,脑袋向前,皱着眉头,竖起耳朵听……

第八章　弗朗茨的信号

"嚯——呜……"

这一次我也听到了。这是很久以前我在什么地方听到过的叫唤声：拉长的呼叫，一声高音然后是一声低音。而我突然听出来：是学校大门外那个高高的江湖艺人给他的小伙伴打信号时的叫唤声。这正是弗朗茨让我们发誓，无论何时何地我们听到它就要响应的那种呼吁。

可今天是什么风把他吹到这儿来的，这个惹是生非的小东西！

"呼叫声是从我们左边那个冷杉树林里发出来的，"我悄声说道，"很可能是一个偷猎者。"

亚士曼摇了摇头："你很清楚不是那么回事。"

接着便低声说道：

"他们俩在这儿晃悠一整天了。十一点钟我在礼拜堂旁边的田地里撞见甘纳许,他在刺探。他见到我便跑了,他的背上溅满泥浆,像是骑自行车赶了一段长路似的……"

"可他们来这儿想干什么呢?"

"我怎么知道?我们无论如何都得把他们赶走。他们鬼鬼祟祟地在这个地方转悠,那套疯疯癫癫的把戏早晚得再来一遍了。"

嘴上没说,心里确信他是对的。

"最好的办法,"我提议道,"就是去跟他们谈一谈,搞清楚他们想干什么,让他们明白道理……"

于是我们便十分谨慎地向前推进,穿过灌木丛朝林子深处爬去,从那里面仍不时传来拉长的呼叫声,而那种呼叫声尽管本身并不凶险,却让我们两个心里充满不祥的预感。

进入林子这边的中心地带而不让人看见是很难的,因为间隔均匀的冷杉树之间都有宽敞的空地。由于我们不能指望对他们发动突然袭击,我便让自己在林子一角设岗,亚士曼到对角去。现在我们各自用视线管住长方形的两条边,他们两个就谁都别想偷偷摸摸地溜掉了。接着我便在观察所里扮演停提供战协议的侦察兵角色，叫喊道：

"弗朗茨……

"弗朗茨……没什么好害怕的……是我——索莱尔……我想跟你谈谈……"

出现片刻的寂静。我正要再喊一遍，这时从树林深处，太远了我看不见，有人大声发布命令：

"待在那儿别动，他会过来找你的。"

从远处看，那些高高的树干像是并拢的一样，而我透过树干渐渐辨认出那个年轻人的轮廓。他靠近时，我看见他衣衫褴褛，沾着泥浆。裤子在脚踝处用自行车夹子夹住。一顶海军学校见习生的旧帽子紧压在头发上，而头发长得太长了。脸庞消瘦了些——看上去像是一直在哭鼻子似的……

他大胆地朝我走来，用傲慢的口吻发问：

"你想怎么样？"

"不是我想怎么样，弗朗茨，而是你。你在这儿干什么呢？你为什么非得要去吓唬那些幸福的人？你想在这儿干什么？说出来听听。"

仿佛是措手不及似的，他的脸红了起来，支支吾吾，接着便脱口说道：

"嗯，我心里不快乐……我很不快乐……"

他靠在树干上，脑袋埋在胳膊里，伤心地抽泣起来。我们向林子里走进去几步。这儿一片死寂。连风声也透不过林子边际高高的冷杉树。而成排的树木之间什么声音都听不到，除了他那一起一落的强忍的啜泣声。我等那个危难时刻过去，接着便把手放在他肩膀上。

"跟我来，弗朗茨。我会带你去看他们的。他们会欢迎你的，像是欢迎一个失而复得的小孩子那样，而你的苦难就要结束了。"

我说什么都打动不了他。他一副可怜、固执、气恼的样子，用那种嘶哑的哭腔叫嚷道：

"这么说莫纳是跟我断交了！为什么我呼叫时他不过来？为什么他不信守诺言？"

"喂，听我说，弗朗茨！念咒语的那种日子过去了，现在我们是成年人了。你的随心所欲只会打乱你所爱的那些人的幸福：你姐姐和奥古斯丁·莫纳。"

"可只有他才能救我的，这你是知道的，只有他才能找到线索。将近三年了，甘纳许和我跑遍了整个法国，找呀找……剩下的唯一机会就是你的朋友了。可现在他却不回答我的呼叫。他找到了他丢失的人；为什么现在不能想一想我呢？他就该上路了。伊冯娜会让他走的——她从来都没有拒绝过我任何事情。"

他朝我转过脸来，那张泪水将污垢冲刷出细沟的脸，那张空乏而挫败的小孩子的脸。眼睛下方有些雀斑；下巴草草刮过；头发披散在肮脏的衣领上。手插在口袋里，站在那儿哆哆嗦嗦的。不再是昔日那个衣衫褴褛的小王子了，可内心怕是比以前更像小孩子：骄横跋扈，异想天开，突然灰心丧气。可在已经显老的年轻人身上，这种孩子气却是让人难以接受的……曾经他充满了傲慢的青春活力，无论何种胡闹都是可以让人宽宥的。如今，起初是让人可怜他，把生活搞得这样一团糟，最终是让人对他仍在坚持扮演的那个角色感到恼怒：那个罗曼司里的年轻主角。此外，我不由得想到，咱们这位英俊的小弗朗茨，在爱的世界里是那样的抒情，为了生存一定是沦为窃贼了吧，像他的搭档甘纳许……那样不可一世——而现在是这副……

与此同时我在掂量着。"要是我向你保证，"我终于说道，"接下来的几天里，莫纳会照你的要求去做，动身做这次搜寻……"

"他会成功的，是吧？"他插话道，牙齿咯咯打战，"这个你有把握吗?"

"我觉得是有把握的——跟他在一起没有什么事是办不成的。"

"可我怎么知道呢?谁来告诉我?"

"一年以后你回来——同样的地点,同样的时间。你就会找到你心爱的姑娘了。"

我做出这个充分的承诺,是决心不冒那种风险,把麻烦带入那对年轻的新婚夫妇的生活。我的计划是要随访娴娴摩瓦奈勒提供给我的信息,由我本人去找到那个姑娘。

他看着我,一脸的天真和信任有加。十五岁!他还只有十五岁——和在圣·阿戈特帮忙打扫教室时一个年纪,和当时迫使我们进行那种幼稚、可怕的宣誓一个年纪。

接着他又突然显得沮丧了,因为没什么可说的了,便说道:

"那好吧,我们走了。"

他扫视了一下这熟悉的场景,而他准是因为不得不又要离去而感到一丝惋惜吧。

"三天之后我们就要踏上去德国的路了。我们把马车留在了远处。我们一路不停地赶到这儿,花了三十个小时。我们想在婚礼举办之前及时赶到,把莫纳带走,让他去帮我们。我们认为，如果他找到了他的领地，那他就一样可以找到我的未婚妻的……"

随后，转身走开之际说了句话，又是那种让人讨厌的小孩子脾气：

"召回你那个德鲁什吧，因为要是让我碰上的话，就有麻烦了。"

他那灰蒙蒙的侧影变得越来越小，终于消失在冷杉树林后面。我向亚士曼大声叫喊，然后我们便又开始守望，这时我们看到奥古斯丁在关上那扇大窗的窗户板。他的样子让我们觉得有点惹眼。

第九章　房子里

后来我才详细了解到那一天撒伯隆尼埃发生的所有事情。

下午早些时候，奥古斯丁和妻子，我仍叫她德·加莱小姐，被单独留在了起居室。客人离去后，德·加莱先生便动身去旧南赛，他要在晚餐时分从那儿返回，到农场发布指示，锁好门窗过夜。在他离开之际，那扇门敞开了片刻，让一阵冷风吹过通道。

眼下那座房子便不受外界影响了，唯有玫瑰花丛光秃秃的枝干刮擦窗玻璃弄出的声响，提醒外界的存在。像乘客在漂流的船上那样，那些恋人，在荒寒的大风中，被他们自身的幸福封闭了起来。

"炉火变得很小了。"德·加莱小姐说道，便朝木柴箱走过去。

莫纳赶紧插手，将一根新鲜原木搁在暗红的余烬上。

随后他便将她伸出的手握住，而他们脸对着脸站在那儿，仿佛是被一个言辞不足以表达其意义的事情弄得默默无语了。

风席卷而过，带着河水上涨的声响。间或有一滴雨水打在窗玻璃上，留下歪歪斜斜的细流，像在列车的窗子上那样。

她终于从他身旁离开，穿过屋子走到门边，进入外面的过道前，回头给了他一个神秘的微笑。有一会儿，在那阴影憧憧的房间里，奥古斯丁独自待着……小钟的嘀嗒声，让他想起圣·阿戈特那间餐室……他也许是在想："难道我真是在那座房子里，迷失了如此之久，有着隐秘的走廊和私语……"

准是在那个时刻——因为德·加莱小姐后来跟我说她也听见了——莫纳听到了弗朗茨发出的第一声呼叫，非常接近那座房子。

而这就是为什么，当门再度打开，那个年轻女子抱着一摞纪念品进来时，她是徒劳地把东西在他面前摊开：她曾玩过的玩具娃娃。那些老照片,有一张她打扮得像个小小的随军女贩子,有一张她和弗朗茨坐在母亲膝头——那样漂亮的一个母亲……几件保存多年的衣裙,包括"这一件,临到你认识我时,我准是穿在身上,大概是你刚到圣·阿戈特那个时候……"。莫纳看着,什么都没听进去。

只在片刻间才像是再度意识到他那种难以想象的奇妙幸福:

"你在那儿,"他柔声说道,仿佛只是为了说这很让人心醉似的,"你走近桌子,把手搁在桌上的那一刻……"

进而说道:

"我母亲还是个年轻女人时,她经常是身子微微向前倾,姿态和你一样,跟我讲某件事情……而当她坐在钢琴前……"

德·加莱小姐主动表示趁夜幕降临前要为他弹钢琴,可摆放着钢琴的那个角落却是一片幽暗,他们便只好点燃一支蜡烛。那玫瑰色灯罩将她脸颊上的红晕映得更加鲜艳,泄露出内心深深的焦虑……

想必正是在那个时候,我站在林子边缘时,我第一次听到风中送来那种颤抖的乐声,而乐声很快就被靠近我们的那两个疯子的第二声呼叫扰乱了。

莫纳走到窗前，趁她在弹奏时，站着朝外张望了一段时间。间或会转过身来凝视那张轻柔的脸庞，那样地惶惑，那样地无助。终于，他走到钢琴旁边，把手放在她肩上。她感觉到喉咙旁边那个抚摸的轻微分量，懂得必须要有某种方式回应。

"天越来越黑了，"他说道，"我去把窗户板关上，但是不要停止弹奏……"

当时是何种阴暗的力量作用于那颗从未被驯服过的心，这谁能说得出来？在知悉答案之前，这个问题我要一遍又一遍地问我自己——而到那个时候就为时已晚了。是某种隐秘的自责？是某种难以解释的悔恨？是怕看到这种无可比拟的幸福从他攥紧的手中溜走？如果是那样的话，就立刻会有某种可怕的诱惑，无可挽回地，要去捣毁这件他所赢得的稀世珍宝……

朝他年轻的妻子最后看了一眼，便悄无声息地慢慢走了出去。我们从林子边沿看见他小心翼翼地合上一块窗户板，朝我们这边投来含糊的一瞥，接着合上另一块，片刻后他便朝我们飞快地跑过来了。我们还想不出该如何隐蔽起来，而他正要跃过一道最近栽种在田垄边的低矮树篱，这时他看见了我们。他立刻改变方向。我记得他那张憔悴的面孔和那副搜索的神情……他像是要动身折返几步以便更远地越过小溪边上那道篱笆似的。

我叫喊道：

"莫纳！……奥古斯丁！……"

他没注意。然后，相信没有别的办法可以阻止他逃跑了，我便喊道：

"等一下！弗朗茨在这儿。"

于是他便停住了。没让我来得及想该怎么说，他便气喘吁吁地惊叫道：

"他在哪里？他想干什么？"

"他很不快乐……他来请求帮助——帮他寻找……"

"啊！"他两眼紧盯着地上，"我想也是那么回事……我尽量压制那种想法，可是没有用……可他在哪儿？告诉我——快点。"

我说弗朗茨离开了，这会儿肯定是不可能赶上他了。对此，莫纳似乎懊恼极了。他踌躇不决，走了几步，停住……他像是迷失在深深的懊丧和犹豫中。我告诉他我以他的名义向那个年轻人所做的允诺，我订下了一年之期的约定……

平常是那样有自制力的奥古斯丁，眼下却陷入一种不寻常的焦躁和激动的状态：

"为什么，噢，为什么你那么做啊……他说得对，我说不定是能够救他的。但一刻都不能等了，我必须见到他，跟他谈谈。我必须请他原谅，尽我所能把事情再纠正过来……不然我就永远回不去了……"他便把目光转向那座房子。

"你是说，"我说道，"你准备为一个孩子气的许诺而把自己的幸福毁掉吗？"

"哎呀，如果事情仅仅是……"

那么，这两个人之间终究是有另一层瓜葛的。我想象不出那会是一种什么样的瓜葛。

"跑去追他们，"我争辩道，"无论如何也是太晚了。他们正在去德国的路上。"

他正要回答，这时德·加莱小姐出现在我们面前，脸色苍白，头发凌乱，衣服撕破了。她满脸汗水，一定是在奔跑。而她一定是摔倒过了，因为右眼上方的额头擦伤了，头发下面有血。

在巴黎那些较为污秽的街道上，有时看见警察忙着把一个男人和一个女人竭力分开，而他们直到那时为止，邻居都还以为是幸福、团结、体面的一对呢。一场激烈的争吵毫无预兆地爆发了，或许是在要坐下来吃饭的时候，或许是临到星期天散步时或是在孩子的生日宴会开展之际……而那个地方顿时一片哗然：那个男的和那个女的变得凶神恶煞，而他们的孩子扑倒在他们中间，哭喊着、紧抱着、哀求着……

德·加莱小姐跑到莫纳身边时，她让我想起那些吓坏了的可怜的小孩子。如果她所有的朋友，全村的人，全世界的人都在一旁看她，我确信她也仍然会那样跑过来的，头发凌乱，泪流满面，跌跌撞撞，溅起泥浆。

可当她弄清楚他在那儿，至少眼下还没有抛弃她时，她便伸手挎住他的胳膊，像小孩子那样破涕为笑了。他们俩都没有说话。可她摸出一块手帕时，莫纳便从她那儿拿过来，轻轻擦去她头发上沾着的血迹。

"来吧，"他说道，"我们这会儿就进屋去。"

我看着他们走开，冬天黄昏凛冽的寒风鞭打着他们的脸，他带她跨过坑坑洼洼的地方——她满怀渴望地微笑着——朝那座被他们暂时遗弃的房子走去。

第十章　弗朗茨的房子

怎么都放心不下，由于害怕而心情沉重，这是昨晚的那一场混乱的圆满结局所无法驱散的，我不得不在校舍里闭门度日。下午课后是自习时间，结束后便立刻动身前往撒伯隆尼埃。走到冷杉树林里的林荫道时，夜幕四垂，而窗户板已经合上了。婚礼后的一天我不喜欢这么晚去打扰，便在庭院里徘徊了一阵子，希望看到有人从房子里出来。可谁都没露面。连农场里也似乎不见一丝动静。结果是转身回家去，心里满是阴沉沉的猜想。

次日是星期六，一样感到不安心。放学时我便飞快取下斗篷和手杖，带了点路上吃的面包，正好在夜幕降临时到达撒伯隆尼埃，发现那座房子和以前一样关着门。楼上亮着灯，可我什么都没听见，一个人也没看见……我朝农家宅院走去,透过敞开的房门见到大厨房里燃着炉火。到了傍晚喝汤的时候了,我听到说话声。这让人感到宽慰,可没法提供消息,而我不好意思上那种地方去打听。于是便重新担任游动哨兵,徒劳地盼望着门会打开,露出我朋友那高高的身影……

直到星期天下午我才鼓起勇气按响撒伯隆尼埃的门铃。穿过田野的途中,我爬到光秃秃的小丘顶上,听到远处传来的钟声——晚祷的钟声。在这个荒寒的星期天,我感到孤独和忧伤,让内心的恐惧压倒了。因此我对如下情况并未觉得过于吃惊,听到门铃来开门的是德·加莱先生本人,他告诉我说伊冯娜病了,在发高烧,而莫纳不得不在星期五离家出远门了,没有人知道他会在什么时候回来……

老人家一脸忧虑和尴尬,没有请我进屋去,而我便马上告辞了。

门在我身后合上时,我顿时茫然失措地站在台阶上,心里一阵发紧,呆呆地盯着紫藤干枯的细枝在一束稀薄的阳光中凄然摇晃着。

这么说来,莫纳从巴黎回来后一直怀有的那份隐秘的悔恨,在他心里到底还是占了上风。结果我的朋友不得不挣脱那种束缚他的幸福……

每个星期四和星期天我都要去按响门铃，询问伊冯娜·德·加莱的病情，而她直到那天傍晚觉得好多了才见我。我见她坐在起居室的火炉前，而屋内的大窗子望得见那片荒地和树林。她并不是我料想的那样苍白无力，而是忙乱兴奋，眼睛下方有鲜艳的红斑；她的举止透着极度的神经质。尽管仍显得很虚弱，可她穿戴得像是要出门的样子。她不太说话，却是极为欢快，像是在努力说服她自己，幸福的机运还没有全部失去呢……我想不起来到底是说了些什么，直到我鼓起勇气问莫纳会在什么时候回来。

"我不知道。"她飞快地说道。

她的眼里含着恳求，于是我便不再问什么了。

我经常去看她。我们会坐在火炉旁闲谈，在那间低矮的起居室里，而那儿似乎比别处都要黑得早些。她绝口不提她自己，不谈她隐秘的悲伤。可问起我们在圣·阿戈特成为同学的日子，她却是从不厌倦的。

她会以庄重、温柔、几乎是母爱的神态，听我细细讲述我们这些成年的男孩的风雨历程。我们那些孩子气的丰功伟绩，即便是最危险和最大胆的行为，她似乎也都不以为怪。这种从她父亲那儿得来的温和的同情与理解，甚至都没有因她兄弟的恣意胡闹而消耗殆尽。我相信，她为此而自责的一件事情，便是未能全然成为弗朗茨的亲密知己，既然他在一败涂地的时候，对她不如对别人那样敢于敞开心扉，而是像彻底迷失的人那样给他自己下了判决。而想到这一层便会感到，她身上背负着何其沉重的责任：那种非常危险的责任，要容忍她兄弟的那些奢侈的幻想；那种难以承受的责任，要将她的命运和那种具有冒险精神的人的命运联结在一起，就像我的朋友大莫纳那种人。

我知道，她仍然忠于她弟弟那些孩子气的胡思乱想，仍然设法保存着他在里面住到了二十岁的那个梦幻国度的蛛丝马迹，这我是从她某日给我提供的一个最为动人的证据中得知的——几乎可以说是最为神秘的一个证据。

那是四月的一个黄昏，和晚秋季节一样荒凉。近一个月来我们都是在享受着虚假的春天，而她开始恢复长途步行的习惯，喜欢跟她父亲一起出去散步。而这一回老人家觉得累了，她便请我跟她一起出去，尽管天空阴云密布。结果，离家超过半里格路程，我们沿着湖岸边散步时，便遇上了一场夹着冰雹的阵雨。在一个露天棚子里找到遮蔽处，我们便站在那里，紧挨在一起，在刺骨的冷风中，向外张望那片黑茫茫的景色，各想各的心事。眼下我看见她，衣着几乎是朴素无华，脸色极为苍白，怀着隐秘的痛苦。

"我们得回去了，"她说道，"我们走了这么久了。谁知道会发生什么事！"

可让我惊讶的是，我们从遮蔽处大胆地跑出来时，她并没有朝撒伯隆尼埃折回，而是继续沿着我们散步的方向走去。我跟了过去，不久之后便来到一座我以前从未见过的房子前，而它十分孤单地伫立在那儿，边上是一条废弃的小路，一定是通往佩弗朗吉的路。那是一座石板瓦屋顶的小房子，除了遥远和孤立，和这一带地区的普通类型的简朴寓所并无区别。

她的举止会让人想到，这房子是我们的，而我们外出长途旅行时让它空在那里了。她屈身打开一扇小院门，接着便赶紧向前走去，查看那片荒芜的景象。我们是在一个长满青草、眼下遭到暴风雨蹂躏的院子里，而孩子们一定是在冬季傍晚时分在那儿玩耍过。一只铁箍躺在水洼里。孩子们种植花卉和豌豆的小苗床里，那场骤雨只留下一道道白砂砾条纹。我们来到那所房子，见有一窝小鸡蜷缩在一扇雨水浸泡的门前，浑身湿透，可怜巴巴。它们多半是死在了老母鸡僵硬的翅膀和拖泥带水的羽毛底下。

伊冯娜·德·加莱忍住一声怜惜的叫喊，俯下身子，不顾水洼和泥浆，把活的小鸡从死掉的鸡崽中扒拉出来，把它们放进上衣的一个褶皱里面。接着她摸出一把钥匙，我们便走进屋内。四扇门开在一条狭窄的过道里，那儿有风呼啸而过。她打开右边第一扇门，把我带入一个房间。等眼睛适应了昏暗的光线，我便看到一面大镜子，还有一张小床，铺着乡村风格的红绸鸭绒被子。她离开片刻，到其他房间去仔细查看，提着一个有衬垫的篮子回来，眼下让她那些病号在里头做窝。她小心翼翼地把篮子放到鸭绒被下面。一缕游移不定的阳光——白天的第一缕也是最后一缕阳光——透进房间，将我们的脸照得愈加苍白，将渐浓的暮色照得愈加昏茫，而我们站在那所奇怪的房子里的那个地方，感到忧虑不安，冷彻心扉。

她不时地走过去查看那些病恹恹的鸡崽，把一只死鸡从窝里取出来，给其他几只活命的机会。而每一次似乎都有无声的哀悼夹在风中，吹透阁楼上破碎的窗玻璃，像是无名的孩子们的神秘的哀伤。

"这里以前是弗朗茨的房子，"我的伙伴终于说道，"那时他还小。他想要一所只属于他自己的房子，远离每个人，什么时候想去就可以去，在那儿玩耍，甚至住在那儿。父亲觉得这个奇怪的幻想实在是有趣，没法不答应。于是在星期四和星期天，或者只要是有心情的时候，弗朗茨便去待在他自己的房子里，像成年人那样。附近农场里的小孩子会过来跟他一起玩，帮他看守房子，或是在花园里干活。这是一个绝妙的游戏。夜里他一点都不怕独自睡在这儿。至于我们，我们是那么佩服他，根本就没想过要替他担惊受怕。

"可眼下这所房子空了那么久了。父亲过于苍老疲倦，没法去找弟弟，去叫他回家来。就此而言，他能做什么呢？

"我经常上这儿来。乡下孩子一如既往地到院子里来玩。我喜欢把他们看作是弗朗茨从前的玩伴，而我也仍然把他当作小孩子，有朝一日会和那个选定做他妻子的姑娘一起回来的。

"孩子们都认识我，我跟他们一起玩，这些小鸡是我们的……"

这场暴风雨的伤感小悲剧，让她把那种从未说起过的深深的哀痛说给我听了，为失去这样一个讨人喜欢又让人爱戴的兄弟而伤心，不管他是如何地胡闹……而我在那里静静听着，心里溢满没有流出来的泪水。

房门和院门再度关上了，小鸡重新放回到屋后的木棚里，她神色悲哀地挽起我的胳膊，而我便带她回家去了。

几个星期，接着是几个月过去了。眼下我谈到的是那种遥远的时间——那种消逝了的幸福。那份责任落在了我身上，去照顾她，用能够想到的任何言语去安慰她，我们青春岁月里的那个精灵，那个公主，那个神秘的爱情梦幻——而那份责任落在了我身上，因为我的伙伴逃掉了。在此期间，在圣-伯努瓦-德尚的小山坡的一日教学之后的薄暮时分的交谈中，在我们长途步行时，有一个萦绕心头的话题是我们决意绝口不提的，而我能说什么呢？我保留着那个时候的一张单幅肖像，而它已经褪色：肖像上变得消瘦的那张可爱的脸蛋，还有那双眼睛，它们看我一眼时，那两道眼帘慢慢垂下来，仿佛是她的凝视无法在任何事物上驻留，只能是驻留在内心的世界里。

而我继续做她忠实的伙伴——跟她一起分担我们绝口不提的漫长的等待——在那整个春季和夏季，在那不像是还会再有的季节里。有好几次，在午后时分，我们回到弗朗茨的房子里。她会把门窗打开通风，因为那对年轻夫妇回家时，那儿不可以有半点潮湿发霉的痕迹。她去屋后院子里照看那些半是野生的家禽，看它们需要什么，而在学校放假期间，我们便在农场的小孩子中间帮忙安排游戏，而他们的欢笑声洒落在这个孤零零的场景里，使得这座小房子显得愈加的空虚，愈加的冷落凄凉。

第十一章　雨中的对话

八月，夏学期结束，把我从撒伯隆尼埃地区和伊冯娜·德·加莱身旁带走，因为我要在圣·阿戈特度过两个月的假期。于是我又见到那座光秃秃的大院和那间空荡荡的教室了，而那里的一切都让我想起大莫纳。每一个角落都保留着我们已然终结的青春期的纪念。在他还没有来到我们身边时，我大部分时间都是静坐在档案局的角落或是一间教室里，度过漫长而忧郁的日子。我看书、写字，或做梦⋯⋯父亲出门去钓鱼了；米莉在起居室里做针线或是弹钢琴，像往昔的日子里那样。而在那间沉寂的教室里，那些撕破的绿色大页书写纸，那些丢弃的奖品书的包装，那块海绵清洗过的黑板——一切都是在宣布，这一年结束了，奖励分发了，每件事情都处于停顿状态，直到十月来临才会付出新的努力——而我想到：我们的青春也结束了，而我们是不能发现幸福了。我又何尝不是如此，只能等候新学期到来，回撒伯隆尼埃去，等候奥古斯丁·莫纳归来，而他或许是根本就不会归来了……

可在米莉抽空向我追问那个年轻新娘的情况时，还是有一条好消息可以透露给她的。我害怕她提问题，因为她会用那种既天真又精明的方式触到你藏得最深的念头，让你猝不及防。于是我便来了个釜底抽薪，直截了当地说，我朋友的妻子十月份要生小宝宝了。

我暗自想到那一天，当时伊冯娜·德·加莱让我弄明白这条重要消息。我顿时张口结舌，是那种很年轻的男人的尴尬。接着，为了掩饰尴尬的事实，没有停下来想一想我会重新揭开何种未愈的伤口，我便脱口说道：

"你肯定是非常幸福。"

可她露出安详的笑容，没有丝毫嘲弄、怨恨或后悔，回答道：

"是的，非常幸福。"

假期最后一周从某些方面讲是最好玩和最浪漫的——是滂沱大雨和熊熊炉火的一周，是潜心射猎的一周，通常是在旧南赛附近的潮滋滋的黑森林里——在此期间，我打算立刻返回圣-伯努瓦-德尚，因为菲尔曼、朱莉婶婶和旧南赛的那些姑娘会问出太多叫人狼狈不堪的问题的。因此只有这一次我是自愿放弃为期一周的乡村猎手的激动人心的生活，直奔校舍而去，在开学前四天的某日下午到达那儿。

院子里已铺上一层厚厚的黄叶。搬运工离开了，我便走进那间发出回声的潮湿发霉的起居室，沮丧地打开米莉给我预备的食物篮的盖子。紧张而焦躁地把饭匆匆咽下去，然后便披上斗篷，热切地投入把我带往撒伯隆尼埃的长途步行了。

回来的第一天傍晚便毫无预告地露面，这让我感到踌躇，可眼下比二月里要大胆些了，我绕着房子转了一圈，而它唯一可见的灯光就在她的窗子里，然后才拐到屋后，翻过篱笆进入花园，坐在树篱旁的长椅上，在逐渐浓重的暮色中，欣然待在那儿，如此贴近那个完全吸引我思想并折磨我心灵的源头。

天越来越黑了，濛濛细雨开始飘落下来。我凝视着我的靴子，模模糊糊地意识到它们正变得潮湿发亮。黄昏的幽暗和寒意缓慢而安详地侵入我的遐想。我不胜留恋地想起这个九月黄昏的圣·阿戈特的泥浆小路；看见雾气弥漫的广场，屠夫的孩子吹着口哨去水泵打水；看见那家灯火通明的咖啡店，还有假日将尽时那满满一车欢乐的乘客撑着雨伞抵达弗洛朗丹叔叔的店铺……而我在想：这是何其空虚的快乐，当莫纳，我的伙伴，不能在那儿分享，而他年轻的妻子也不能分享时……

抬起头，我看见她就在几步之内。她的鞋子在砾石上发出的声响，让我误以为是篱笆上的水珠滴滴答答落下来。她用一块长长的黑羊毛披肩围在头顶和肩上，而雨丝在她的头发上撒了一层银光粉。她一定是从那个望得见花园的窗口看到我的。她在朝我走来。这让我想起了米莉，往昔的日子里，出来接我进屋去，然后发现在黑夜的雨水中漫游并不见得是全然不快乐的，便轻声说道："你会得重感冒的。"然后和我一起待在外头好好做一次长谈……

伊冯娜·德·加莱伸出热得发烫的手掌，放弃了请我进屋去的念头，在苔痕斑斑的长椅上坐下来，坐在较为干燥的那一边，而我站在那里，一个膝盖搁在长椅上，躬身向前倾听。

她用亲切的语气责备起我来，说我把假期缩短了。

"我觉得我应该尽快回来,陪伴你。"

"你说得对,"她低声叹息道,"我仍是孤身一人。奥古斯丁还没有回来……"

我把她的叹息理解为伤心的表白,甚至理解为欲言又止的责备,便斗胆说道:

"那样出类拔萃的人竟然可以是那样愚蠢!……也许,那种冒险的滋味比什么都强烈……"

可她打断我的话头。而正是在那儿,在花园里,在那个湿漉漉的黄昏,是第一次也是最后一次,她才和我一起谈论莫纳的。

"你不可以那样说的,弗朗索瓦·索莱尔,我的朋友,"她轻声告诫道,"因为过错正是在于我们——正是在于我,想想我们做过的事……

"我们跟他说:这就是你想要的幸福,这就是你耗费了整个青春所寻找的,这就是你梦里见到的那个姑娘!

"那样子让人推搡着肩膀,怎能避免那种犹豫不决的反应,怎能不害怕,怎能不沮丧——他怎能抗拒那种逃跑的诱惑呢?"

"可是伊冯娜,"我轻声提醒她说,"你要知道,你就是那个幸福!那个姑娘就是你!"

"啊！"她叹息道，"我怎么一时能有这种自负的想法！问题全出在这里。

"有一次我对你说：'或许我是什么都帮不了他的。'可我心里在想：'因为他找我找了那么久，因为我爱他，我肯定会使他幸福的。'然后我看到他在我身边，心急如焚，烦躁不安，不断受到某种神秘的悔恨的折磨，我便知道，我和其他任何女人一样是无能为力的……

"'我配不上你的。'他不停地说道，那个时候天都亮了，在我们新婚之夜过后。

"而我尽我所能安慰他，让他放下心来。但什么都无法缓解他的苦恼。

"最后我说道：'如果你觉得非要走不可，如果我来到你身边时什么都不能让你幸福了，如果你觉得眼下有必要离开一段时间，等你找到安宁时再回来，那么是我要求你走的'……"

黑暗中我能看到，她抬起眼睛望着我。仿佛是她做了一番表白，便眼巴巴地等我说话，或是赞成或是谴责似的。可我能说什么呢？我本人对大莫纳自然是有了解的，他这个人宁折不弯、桀骜不驯，宁可受罚也不愿认错、不愿请求帮助，而那种请求肯定是会让人同意的。我觉得，伊冯娜·德·加莱应该对他更激烈些，应该用手捧住他的脑袋说："不管你做了什么都没关系；没有人是没有过错的；而我爱你……"我觉得，她出于宽宏大量，本着那种自我牺牲的精神而犯下大错，把他放回到那条冒险的路上……可我怎能从这么多的善良和这么多的爱情中去挑毛病呢？

出现了一阵长长的沉默。我们因深深的感动而说不出话来，聆听着冰冷的雨水从篱笆和树枝上滴滴答答落下来。

"因此，"她最后说道，"那天早晨他走了。我们达成了协议，他便吻了我，像那种即将出门远行的丈夫和年轻的妻子道别……"

她站起身，我便握住她烧得发烫的手掌，接着挽起她的胳膊，走在眼下完全是黑暗的小路上。

"可是，"我说道，"他还没有给你写过一封信呢。"

"是的，"她答道，"一封也没写过。"

随后，当我们两个想到他在法国或德国的路上过着那种冒险生活时，我们便以此前从未有过的方式谈起他来。那遗忘的细节、旧时的印象都涌上心头，而我们慢慢地朝屋子走去，每走几步便停下来，提醒对方，他说过的话或做过的事……黑暗中，缓步行走在花园里，我长久聆听着她那低沉而清朗的声音；而我则又沉湎于旧时的热情，怀着深深的眷恋，无拘无束地长谈起那位把我们抛弃了的朋友……

第十二章　重负

学校将在周一开学。周六下午五点左右,领地的一个女人走进院子,而我在那儿锯着木头准备过冬的柴火。她告诉我说撒伯隆尼埃产下了一个小女孩。分娩很不顺利。夜里九点派人去佩弗朗吉叫接生婆。半夜时分有人赶车去维埃宗请大夫。他不得不用了产钳。小宝宝的头部受伤,她哭闹不止,可这样一来似乎倒是让人别无所求了。眼下伊冯娜·德·加莱极为虚弱,可她以非凡的勇气经受住了考验。

我放下锯子,赶紧进屋去取大衣,大体上是对那个消息感到满意,便在那个农妇的陪同下去撒伯隆尼埃。我登上一楼的木头楼梯,轻手轻脚,怕那两个病号会有一个在睡觉。德·加莱先生在那儿,神色疲惫却含着笑容,把我带进那间暂时放置着一个垂帘摇篮的房间。

这是头一遭,我进入一间那天有小宝宝出生的屋子。在我看来,这是多么奇特而神秘,而且是多么美好!正是在这样一个温馨的黄昏,几乎像是在夏日,德·加莱先生才敢将那扇望得见院子的窗户打开的。他靠在窗台上,因熬夜而显得疲乏,却显得快乐,讲述前一个晚上的戏剧性事件,而我在倾听时,模模糊糊地意识到屋里有个陌生的存在和我们在一起呢……

在帘子下面,"它"发出一声细弱的啼哭。接着德·加莱先生便悄声说道:

"是头部弄伤的地方让她哭哩。"

他动作机械地摇晃起那一小包帘子来,让人觉得他从早晨开始就是那么做的,而且是学会怎么去做了。

"她已经笑过了,还抓住你的手指。噢,可你还没见过她呢!"

他把帘子分开,我便见到一张细小红肿的脸和一颗似乎微微变形的细窄的脑袋。

"那个没什么,"德·加莱先生让我放心,"大夫说它自个儿会复原的……把你的手指给她,她会抓牢的。"

我发现一个全然是未知的世界,心里便升起一种新的喜悦……

德·加莱先生蹑手蹑脚地把隔壁房间的门打开。

"她没睡着,你想进屋去吗?"

她一脸兴奋地躺在那儿,金发铺满枕头。她伸出手,笑容疲乏。我夸奖她生了这样一个女儿。她的嗓音有些沙哑,而且是少有的刺耳——是从格斗中脱身的人的那种刺耳:

"是的,可他们把她给弄伤了!"可那种指控却因她的微笑而显得柔和。

后来我们很快便离开了,生怕累着了她。

次日,星期天下午,我匆匆赶往撒伯隆尼埃,几乎是怀着欢快的心情。我的手在门口已经举了起来,这时看到门上钉着一张纸条:

请勿按铃

我没想到会出什么岔子,反而把门敲得很响。听见有人疾步而来。开门的是一个陌生人,是维埃宗的大夫。

只在那时我才有些惊慌了。"出什么事了吗?"我厉声询问道。

"嘘……嘘……"他像是生气了，压低声音说话。他告诉我说，小宝宝夜里差点死掉，那个母亲病得很厉害……

我心慌意乱，跟他踮着脚尖上楼。小宝宝在摇篮里睡觉，此刻很苍白——白得像一具小小的尸体。大夫似乎认为是可以救活她的。至于那个母亲，他不愿做出承诺，而是做冗长的解释，好像我是那户人家的一个朋友似的……他谈到肺充血，谈到栓塞，支支吾吾的，似乎不确定……

德·加莱先生随后进屋来。他苍白而虚弱，最近这两天老了许多。他用那种含含糊糊的手势把我领进她房间。

"小心别让她受惊了，"他低声说道，"大夫说必须让她觉得一切都进展顺利。"

伊冯娜·德·加莱脸颊火红地躺在那儿，头仰靠着，眼珠间或转动着像是透不过气来似的，正以令人心碎的勇气，在坚忍不拔地和死亡作斗争。

她不能开口说话，却是那样亲切地把手伸出来，让我几乎要崩溃。

"现在好了！"德·加莱先生用令人骇怕，简直是愚蠢至极的欢快语气大声说道，"作为生病的女人，她看上去并不太糟糕，是不是？"

我无言以答，只能把她的手攥在我手里，那只烙在我心里的手、垂死之人的手……

她竭力想说的，想问我的，天知道是些什么话。她先是把眼睛转向我，接着转向窗户，像是要让我出去找一个人似的……可她让急性发作的窒息攫住了，那双片刻之前发出悲哀恳求的美丽的蓝眼睛翻了起来，只露出眼白；面颊和前额变黑了，而她继续在坚忍不拔地斗争，无论何种恐怖或绝望的征兆都让她给拼命压退下去。人们奔进来——大夫，女佣——拿出一瓶氧气，还有毛巾和瓶子——而一直趴在床头的那位老人家简直是在吼叫——仿佛她已然远离似的——用他刺耳的颤抖的嗓音叫道：

"别害怕，伊冯娜。没事的。没啥好怕的。"

险情过去了，能够呼吸几下了。可还是继续发作，她转动眼珠在挣扎着，甚至都无法从她已经掉进去的深渊里逃出片刻，给我一个眼色或一句话。

……我什么忙也帮不上，便下决心离开。我当然可以再多待一会儿的，而眼下想到这一点便让我后悔得心如刀割。可那个时候我还是怀着希望的，我觉得大限之期不可能那么快就到来的。

一走到外面，我就朝屋后冷杉树林的边沿走去，心里不时浮现出伊冯娜转向窗口的那个眼神。我像哨兵或抓捕逃犯的侦探，在树林的深处细细查看，而奥古斯丁穿过这片树林第一次来到领地，去年冬天他穿过这片树林离去了。可根本就没有一点生命的迹象——不见可疑的阴影，连一根摇动的树枝也没见到。直到一段时间后，从佩弗朗吉之路的那个方向，我才听见叮叮作响的铃声。没过多久，在那条路的转弯处，我便看见一个穿罩衫的男孩，戴着伺祭的红帽子。他身后紧随着一名神父……我掉转头去，吞咽着泪水。

次日是开学的日子。七点钟，两三个男孩已经在操场上了。在走下去露面之前我尽可能等待着。而当我终于开启那间关闭了两个月的潮湿发霉的教室时，比世上任何事情都更让我害怕的事情便发生了：那个最年长的男孩子，从遮顶下面玩耍的那一帮人中转身朝我走来。他过来告诉我说，"撒伯隆尼埃的小姐"于薄暮时分死去了。

周遭的一切都变得迷乱，汇入痛苦中。我觉得根本没有足够的力气继续工作，即便是穿过那个光秃秃的操场也会费力得要折断膝盖。一切都是疼痛和苦涩，因为她死去了。世上空虚了，假日结束了——那漫长的乡村马车旅行,还有那神秘的游园会,也结束了……一切又是那样的哀伤,和从前一样……

我对孩子们说今天不用上课了。他们溜开去把消息告诉其他男孩,告诉乡村的全体居民。我拿出我拥有的那件缀饰着穗子的外套,取下那顶黑帽,便朝撒伯隆尼埃凄惨地走去……

……我来了,在这座三年前我们差点放弃寻找希望的房子前面。而正是在这座房子里,伊冯娜·德·加莱,奥古斯丁·莫纳的妻子,昨夜死去了。自昨日起便笼罩着寂静,孤零零地处在其自身的荒凉之中,它会让人误以为是一座礼拜堂。

而这便是新学期阳光灿烂的早晨为我们所准备的东西,这枝叶间洒落的背信弃义的秋日阳光。而我该怎样去击退那苦涩的背叛,忍住那哽咽的泪水!我们终于找到了那个美丽的姑娘,而我们赢得了她的芳心。她是我伙伴的妻子,而我深深地爱着她,怀着那份隐秘的挚爱,没有任何言语可以表达。看着她我便感到满足,像小孩子那样。有一天我也会想要结婚的,而她会是第一个我要吐露秘密的人……

那张纸条仍然钉在门上,钉在门铃旁边。棺材已经停放在门厅里了。楼上是小宝宝的奶妈接待我的,告诉我最后时刻的情景,接着将房门静静地打开……我便看见了她。高烧退去了,兴奋的潮红消失了;挣扎结束了,漫长的等待终止了。什么都没有留下来,除了僵卧不动以及裹在药棉里的洁白的面孔,那张没有弹性没有感觉的面孔,还有那个死寂的前额,围绕着厚厚的毫无生气的头发。

德·加莱先生,光着袜子没穿鞋,背对着我们蹲在角落里,以可怕的韧劲在翻弄一只从橱柜里拉出来的抽屉。他间或翻到一张女儿的旧照片,已经褪了色的,而他凝视着它呜咽起来时,肩膀抖动着像是在控制不住地发笑似的。

她将于午时安葬。大夫怕的是栓塞病例中偶尔发生的那种快速腐烂。这可以说明她的面孔和躯体何以包裹在浸透碳酸的脱脂棉里。

他们给她穿了衣服——穿上那件缀饰小银星的深蓝色天鹅绒的漂亮礼服,那对款式过时的羊角袖子不得不贴紧折起——便准备将棺材抬上来。结果是它太长了,在狭窄的楼梯上转不过弯来。有人建议用绳子把它从窗口吊上去,用同样的办法把它放下去……德·加莱先生,仍趴在一堆旧物件上搜寻着那些天晓得是什么样的丢失了的记忆，他勃然大怒打断话头，用气得说不出话来的哽咽声抗议道：

"不行！我自己会用胳膊扛她的，而绝不允许做出这样可怕的事情来……"

他会这样干的，冒着被重担压垮并和她一起哗啦滚下楼梯的风险。

接着我便站了出来。要做的只有一件事：在大夫和一名女佣的协助下，我将胳膊从摊开的尸身底下伸过去，另一只胳膊垫在膝盖下面，把她抬了起来。我用左臂支撑住她，她的肩膀抵住我的右臂，她的头向前扑倒在我的下巴底下，她重重地压在了我的胸口。我走下长长的陡峭的楼梯，一步一步，非常缓慢，而楼下一切都准备就绪了。

两条胳膊很快就发痛了。胸口扛着这个重负，每走一步便会觉得呼吸愈加困难了。我把这具惰性的沉重的尸身抱紧了，伏在她的头上深深地吸一口气，嘴里吸进了几缕金发：有泥土滋味的死掉的头发。这泥土与死亡的滋味，还有这压在胸口的重物，便是那场伟大的历险和你留给我的一切，伊冯娜·德·加莱，被那样热切地寻找的，被那样深深地爱恋的你……

第十三章　练习簿

在那座满是伤感的遗物的房子里，女佣终日摇着哄着那个病恹恹的小宝宝，德·加莱先生没过多久便卧床不起了。那生命的火花伴随着冬天的第一阵寒流悄然熄灭了，而我站在这位可爱的老人家的床边流下了眼泪，正是他的纵容娇惯，他与儿子分享的异想天开，成了我们整个历险的起因。所幸他是在对所有发生的事情一无所知的情况下去世的，事实上是在完全沉默中去世的。由于多年来他在法国这一带没有亲戚朋友，他便指定我做剩余遗产的继承人，直到莫纳归来并向莫纳做出详细决算报告为止，如果他真的归来的话……从那时起，我便住在了撒伯隆尼埃，虽说并未放弃圣-伯努瓦的教师职位。每天一大早我便动身去那个村子，随身带上可以在教室炉子上重新煮热的午饭。下午自习课一结束便回家。这番安排可以让我和小宝宝——由农场女佣照看着——在一起，而这样也会多一些遇见奥古斯丁的机会，要是有朝一日他会回来的话。

此外，我总是巴望着会在屋里某个地方，某个橱柜，或许是某个抽屉里，巧遇某份文件或物件，会让人弄明白他前几年在长久的沉默中是怎么过生活的——某条会解释其逃跑的缘由或至少会暗示去何处寻找他的线索……我已经搜遍了不知多少碗柜和衣橱，检查了成堆的纸板箱，里面塞满成捆的信札和家庭旧照片，或是塞满假花、羽毛、鹭鸶和早就过时了的鸟儿。那萎谢的香气，让人想起那么多的死亡和消逝，唤起我心中的记忆，弄得我一整天都萎靡不振，便丢下不找了……

然后有一天，是个假日，我在阁楼上注意到一口小行李箱，长而扁，包着绒毛半已磨损的粗糙猪皮，认出这是奥古斯丁随身带到圣·阿戈特的那只箱子。我心想，居然没有先上这儿来看一下，这可真蠢！毫不费劲地将那把生锈的锁用力撬开，发现行李箱塞满了旧课本——语法、算术、文学——和各种类型的练习簿……与其说是出于好奇心还不如说是出于伤感，我在那些东西当中翻来找去，再念上一遍我背得出来的那些听写段落，我们经常重抄的段落：卢梭的《下水道》，保罗－路易·库里埃的《卡拉布里亚历险记》《乔治·桑致儿子的信》……

那儿有一本"作文测验簿"，这让我感到吃惊，因为这些测验簿是学校的财产，绝不会带走的。边沿褪色的绿封皮上，那个学生的姓名，奥古斯丁·莫纳，是用粗黑工整的印刷体书写的。从第一页上的日期"189×年4月"我便知道，他是在离开圣·阿戈特的前几天启用这个本子的。头几页写着字，是以我们单单在这门课程作业里会显示的那种虔诚勤勉而写下的——以下的页面空着，而他很可能是为了这个缘故而没有把本子交上去。

跪在地板上，想起所有那些琐碎的规章制度在我们青春期的日常生活中具有如此这般的重要性，一边用拇指拨弄着纸页，这时发现另外几页上写着字。空白的四页过后，又开始出现一连串笔记。

一样的笔迹，可写得不那么用心了，有时实在就是勉强认得出来的急速的涂鸦：短小的段落被一两个空行分开，有时只有半句，零星写着日期。从第一行起，我便猜到这些笔记会泄露他在巴黎生活的某些内容，或许会给他目前的下落提供线索，我便下楼去从容不迫地阅读那份记录，借着比在昏暗阁楼里可获得的更好的光线。这是一个明亮的冬日，阳光灿烂却阴晴不定。有时太阳投映在洁白的窗帘上，将推拉窗框的交叉图案勾勒得分外清晰，随后是一阵风将零落的冻雨泼洒在窗玻璃上。正是在这扇窗户旁边，靠近壁炉，我读着那一行行文字，说清了那么多原委，而我逐字逐句将它们复制了下来……

第十四章　秘密

我又从她窗前走过。双层窗帘仍拉着,在灰蒙蒙的窗玻璃上显得发白。即便伊冯娜·德·加莱将它打开,而既然她已结婚了,我又能对她说什么呢?有什么留给我的呢?我该怎么过下去呢?

2月13日,星期六。我在码头上遇见那个姑娘,她像我一样,去年六月在那幢关闭的房子前等候,而她把它的情况告诉了我。我和她说话。我们走路时,我朝她看了一眼,注意到她相貌上的细微缺陷:嘴角隐约有条纹路,脸颊有点太过凹陷,鼻子边上露出一道扑粉的痕迹。忽然她转过头直视着我,大概是因为她正面要比侧面显得更漂亮些吧。接着她便用一种干巴巴的腔调对我说道:"嘻,你这人真有趣。你让我想起一个曾经追求过我的男孩,在布尔日,我们甚至订了婚……"

已是夜晚,四周空无一人。煤气街灯映照在湿漉漉的人行道上。她忽然朝我走近了一点,要求我今晚带她和她姐姐上戏院去。我乍然留意到她那一身丧服。她青春的脸蛋使她头上戴着的那顶帽子显得太破旧了,而她手里拿着一把细如手杖的长雨伞。我站在她身边时,做了个手势,指甲在她的紧身马甲的皱纱上钩住了。我借故推托,没有答应她的请求。她气得扭头就走。这下轮到我上前去央求她了。黑暗中经过的一个工人悄声戏谑道:"你别跟他一起走,亲爱的。你会受到伤害的。"而我们站在那儿,两个人都很尴尬。

戏院里。那两个姑娘,我那个名字叫瓦朗蒂娜·布隆多的朋友和她的姐姐,围着廉价的围巾到来。

瓦朗蒂娜坐在我前面。每隔一会儿她都要心神不定地转过身,像是设法把我辨认清楚似的。我只知道靠近她让我觉得几乎是快乐的,而每一次我都报以微笑。

我们周围的女人,衣裙领口都开得很低。我们拿她们开玩笑。起初她笑了,接着她便说道:"我怎么能笑!我自己的衣服领子就是太低了点。"她便把围巾拉上去裹住肩膀。其实在黑方格花边下面我可以看见,她匆匆整理衣衫时把那件朴素的亚麻衬衫的顶部往下折了折。

她身上有一种让人觉得既贫穷又纯真的东西,而她眼里那种楚楚可怜又鲁莽大胆的神情吸引了我。和她——这个能把领地的人们的重要情况告诉我的仅有之人——在一起时,我就会不停地想起过去那场奇怪的历险。我想获悉更多有关林荫大道上那幢小房子的情况,可她用她自己的问题应对我的问题,都是那样的让人尴尬,我甚至都没法回答。我觉得从现在起我们两个都要避开那个话题了。可我也知道我会再见到她的。但是为什么?这能带来什么好处?莫非我是遭到了判决,有关那场我没有做成功的历险,只要有人能够引起一丝模糊不清和倏忽即逝的共鸣,我就得尾随其后……

午夜独自走在空荡荡的街头,我问我自己这个有些飘忽不定的新插曲的意义。走过成排的房屋,像那么多的纸板盒一个叠着一个,里面的居民全睡着了。忽然想起一个月前做出的决定：我决心某个夜晚上那儿去，大概凌晨一点，摸到那幢房子后面，进入花园，像窃贼那样进去，在那个地方搜索某条会把我带往失去的领地的线索，再见她一次，只为见到她……可我又累又饿。我也是匆匆换了衣服去戏院，连晚饭都没吃。熄灯前在床沿上坐了很久，神经紧张，<u>坐立不安</u>，而我的良心不得安宁。但是为什么？

有一点值得注意：她们不愿让我送到家门口，连她们的住处都不愿告诉我，但我尽可能跟在她们后面。我知道她们住在离巴黎圣母院不远的一条小街上，我不知道门牌号码。我想她们一定是裁缝或是做女帽的。

瞒着她姐姐，瓦朗蒂娜跟我约好明天见面，星期四，四点钟，在同一家戏院前面。"要是我不在那儿，"她说道，"星期五同一时间再来，然后是星期六，以此类推……"

2月18日，星期四。我在大风中动身去赴约，风中满是沉甸甸的雨意。我一直在想："最后必定是倾盆大雨。"

走在昏暗的街上觉得沮丧，一滴雨落了下来。想到要下雨我害怕一场暴雨会阻止她的到来。但是风加大了，把它一股脑儿吹到别的地方。在午后灰蒙蒙的天空——时而灰蒙蒙，时而亮晃晃——大块乌云听凭风的摆布。而我在这儿，粘在地上，可怜巴巴地等待着……

戏院外。过了一刻钟我便明白她不会来了。我从码头望向她要经过的那座桥，注视着川流不息的人群。我的眼睛挑出每一个穿丧服的年轻女人，而我对那些人产生一种感激之情，她们在最长的时间里，直到离得很近了为止，仍然看上去像她，足以让我保持希望……

一小时的等待。我感到疲倦。暮色中一个警察走过。他在护送一个歹徒到近旁一所警察局去，而那个歹徒叨叨咕咕地说着他能想得起来的所有脏话和骂人话。那个警官气极了，脸色煞白却一声不吭、他们踏上走廊他就开始殴打。接着他把门关上，便可以不紧不慢地放手痛打那个可怜虫了……一个糟糕的怪念头袭上心间：我已放弃天堂，毫无耐心地站在地狱入口处。

终于心灰意冷，放弃了等待，朝大教堂和塞纳河之间的那条小街走去。我约莫知道她们所住的那栋楼的方位，便在那个地方徘徊了一会儿。偶尔有使女或家庭主妇出来，天黑前冒着蒙蒙细雨去采购一些东西……留在这儿没有什么意义，于是便离开了……折回到我们要碰面的广场上。明亮的雨水似乎在延缓黑暗的到来。眼下周围的人比一个小时前还要多，黑压压的一大群……

猜测——绝望——疲惫——我抱住那个念头不放：明天。明天，同一时间，同一地点，我会等她的。而我热切盼望明天的到来。我百无聊赖地期待着眼前的这个黄昏，还有那漫长的空虚的早晨……可至少这一天是快要到头了……回到房间，坐在火炉前，我可以听见报贩叫卖晚报的吆喝声。毫无疑问，在圣母院后面某个隐匿的阁楼间里，她也听见他们的叫卖声呢。

她……我是说：瓦朗蒂娜。

黄昏，我想用魔法驱除的这个黄昏，奇怪地压在了我身上。随着时间的推移，随着这一天临近尾声而我渴望它结束，有人在它身上投注了所有的希望、所有的爱，投注了最后的一丝力量。有人在临近死亡，而有人面对一张逾期未付的票据，在祈祷明天永远不会到来。另一些人知道他们将怀着负罪感醒来。还有一些人实在是太疲倦了，这一夜再长也不够他们美美地睡上一觉的。而我，浪费了这一天，有什么权利去向明天索取呢？

星期五傍晚。我一直期待着在这儿写道："我又没见到她。"那样就结束了。

可今天下午四点钟我到达戏院时，她却在那儿。苗条而肃静，穿着一身黑衣，可脸上却施有粉黛，咽喉处的白衣领使她显得像是一个有罪的皮埃罗，半是楚楚可怜，半是诡计多端。

不料她竟是来告诉我她必须马上就走的，这是最后一次……

尽管这样，当白天变成夜晚时，我们却仍在一起，肩并肩慢慢地行走在杜伊勒里宫的砾石小径上。她一直在跟我讲她的事情，但是话说得那样曲里拐弯，我不太听得明白。提到她没能嫁成的那个未婚夫时，她说是"我的爱人"。我想她是故意么说的，为了吓唬我，让我不要缠上她。

她说的这些话，我简直都不愿记下来：

"别相信我，因为我所做过的一切都是在犯愚蠢的错误。"

"我浪迹天涯，孑然一身。"

"我把未婚夫逼上了绝路，我离开他是因为他太崇拜我了。他看到的只是他想象中的我，不是真正的我。而事实上，我浑身都是缺点。我们只会很悲惨的。"

我一直发现她试图把她说得比她本人更坏。我想她是试图说服自己做蠢事是做对了的，没什么可后悔的，她不配得到赐给她的那种福分。

有一次，她稳稳地看着我说道：

"你身上我所喜欢的，而我也不知道为什么是这样，就是我的那些记忆……"

又说：

"我依然爱他，比你想象的要更爱他。"

然后便突然地、尖利地、粗鲁地、不高兴地说道：

"只是，你到底想要什么呢？难道你也爱上我了吗？难道你，也想要娶我吗？"

我结结巴巴地说了一句，不知道说的是什么。大概是说："是的。"

支离破碎的日记就此打住。接下来是信件粗略的草稿——潦潦草草，杂乱无章，有些词句被划掉了。

他们的婚约一定是很不牢靠的……在莫纳的要求下，那个姑娘放弃了工作，是他自己在一手操办着婚事。但是不断地受到那种需求的骚扰，要重新开始去寻找，要去探究任何一丝新的踪迹，也许会通往他那失落的爱情，他似乎不时会消失一段时间，因为在有些信件中，他用了那种可悲的尴尬语气，在瓦朗蒂娜面前企图为他自己辩护。

第十五章　秘密（续篇）

然后日记便重新开始。

有记录提到他们做过的一次乡村旅行——我不知道是在什么地方。但出于某种缘由，从这里开始，或许是出于对纯私人事务的本能保护吧，那些记录便如此支离破碎、杂乱无章，经常只是一些胡涂乱抹，因此我不得不把故事的这个部分都重新做了编辑。

6 月 14 日。他在小客栈的房间里醒过来时，太阳已经升起，而它的光芒将黑帘子上的红色图案照耀得生机盎然。雇农在底下咖啡店里一边啜饮早餐咖啡，一边大声讲话，他们是以愤慨却淡漠的语气在严厉评断一个雇主。莫纳很可能是在睡梦中的一段时间里听见了这场平静的喧哗的,因为他起先并没有注意到。窗帘上洒落着一串串让太阳映红了的葡萄,晨间的声音透进这间悄无声息的房间——全都混合成那个单一的印象:在乡村的中心醒来,在那悠长而美满的假期第一天。

他下了床,穿过房间,轻轻敲响隔壁房间的门。没听到应答,他便将房门悄悄推开。然后他看到了瓦朗蒂娜,便立刻意识到他那种宁静的满足感是源于何处。她睡着了,那样的寂静无声,以至于她像是没有在呼吸似的。他心想:小鸟必定是那样睡觉的吧。他站了一段时间看着她睡觉,看着那孩子般的面孔,那样安谧无瑕,以至于打破那种安谧便似乎会让人感到惋惜。

她只做了一个抬起眼帘看着他的动作,表示她不再是睡着的了。

等她一穿好衣服,莫纳就马上回到她的房间。

"我们起得晚了。"她说道。

像主妇在自己家里那样,她便立刻动手收拾房间,拂拭莫纳前一晚穿的衣服。刷裤子时,她重重地叹了口气,因为裤子上溅着厚厚的泥浆。她犹豫了一下,仔细检查泥垢,接着便用刀子将泥浆刮掉,然后再拿起刷子。

"圣·阿戈特那些男孩掉进了泥潭时,"莫纳说道,"他们便经常是那样做的。"

"我妈妈过去经常是那么做的。"瓦朗蒂娜说道。

……而在他那场神秘的历险之前,这样一个伴侣才正好是适合农民和猎手的大莫纳的……

6月15日。他们因几个熟人的介绍,以丈夫和妻子的身份应邀出席农场的晚宴——让他们大为烦恼——而她在那儿表现出年轻新娘所有的羞怯不安。

铺着白色亚麻布桌子的每一端都摆放了烛台,像是给宁静的乡村婚礼庆典预备似的。那些围着桌子的脸孔,在这昏暗的光线里向前探时,便顿时陷入阴影中。

瓦朗蒂娜坐在农场主的儿子帕特里斯的右边,而莫纳坐在她旁边。用餐时他始终沉默寡言,虽说谈话多半是向着他去的。自从他做出决定,为了做做样子,在这个偏僻小村里把瓦朗蒂娜当作妻子,他便觉得不适和内疚。帕特里斯以乡绅礼节在尽地主之谊,而莫纳则在思忖:

"今晚该是由我来主持自己的婚宴,在这样一间天花板低矮的大房间里,我还能看到一个漂亮的房间……"

他身旁的瓦朗蒂娜怯生生地回绝端给她的所有东西。

像那种年轻的农妇。他们越是硬要她吃,她就似乎越是要寻求她朋友的保护。有一阵子帕特里斯催促她喝光杯子里的酒,但是没用。莫纳终于弯下身子对她轻声说道:

"亲爱的瓦朗蒂娜,你得喝上一点。"

她以温驯的神态将杯子举到唇边。帕特里斯露出了笑容,祝贺他娶到这样一个百依百顺的妻子。

可这两个客人仍旧默默无语并且若有所思。一来他们是累了,鞋子在长途步行后又湿又脏,而刚冲洗过的厨房地砖在他们脚底下冷冰冰的。再者,那个年轻人要时不时强颜欢笑地说道:

"我妻子……瓦朗蒂娜,我妻子……"

而每一次咕哝那个字眼,在这些陌生的农民的倾听下,在这间陌生的屋子里,他都觉得是做错了什么事情。

6月17日。这最后一天的下午,开端就不好。

帕特里斯夫妇和他们一起出门散步。在布满石楠花的崎岖不平的小山坡上,这两对男女渐渐地拉开了距离。莫纳和瓦朗蒂娜在刺柏丛中间的一小块灌木丛里坐了下来。

天空低垂,风吹来零星细雨。黄昏似乎有种苦涩的滋味,那种即便是爱情也无法驱除的厌倦消沉的滋味。

他们在树枝下的遮蔽处待了一段时间，只交换一两句话语。然后天放晴了。天气突然的好转使他们的情绪不那么低落了。

他们开始谈到爱情，确切地说是瓦朗蒂娜在那儿说呀说……

"我必须告诉你，"她说道，"我未婚夫给我的那种许诺——他真的就是那样的孩子气。我们即刻就会拥有自己的房子，那种隐匿在乡野的小屋，他说事情都为我们准备就绪了。那就像是长久不在家之后到家了，傍晚时分举行婚礼——大概就在这个时候，临到天黑时。而在乡间小路上，庭院里，灌木丛中，不知名的孩子们会在那儿向我们欢呼致意：'新娘万岁！'，你可以看到他这个人有多么异想天开……"

莫纳听她说着，有所吸引，有所不安，似乎在听着一个熟悉的声音的回声。从她讲故事时那种近乎悔恨的语调中，他也察觉到某种东西。

看他那种样子，她害怕伤到他了，便冲动地转过身来用信赖的语气说道：

"我要把我要给你的一切都交给你：是某件东西，而它到现在为止都是我最为珍贵的财产……我要你把它给烧了。"

她密切注视着他,提心吊胆地,从口袋里摸出一小捆信件——她的未婚夫写给她的信,便把它交给了他。

他顿时认出那手俊秀的笔迹,他顿时责怪他自己没有立即猜到她未婚夫的身份。眼前是那个流浪汉弗朗茨的字迹,一样的字迹他在大城堡房间里留下的那张绝望的便笺上见到过……

此刻他们走在田野的一条小道上,傍晚的斜阳照亮两旁草丛中生长的朵朵雏菊。莫纳处在如此混乱的状态中,都还来不及思考这个意外发现会对他自身的处境造成何种影响。他读信是因为她要他读的。孩子气的措辞——多愁善感、哀婉动人……例如,最后一封信的这一节:

……因此你那小可爱的心就丧失勇气了,不可原谅的小瓦朗蒂娜。我们眼下会发生什么事?好在我是并不迷信的……

莫纳继续读信,让愤怒和悲伤弄得有些昏聩了,面色凝重却苍白,眼睛下方在抽搐着。瓦朗蒂娜惊慌地瞟一眼他面前的信纸,看他念到什么地方了,是什么东西会让他这样生气……

接着她便赶紧解释:"噢,那个心形物呀!那是他送给我的小饰品,让我发誓要永远保留它。不过是他的一个疯疯癫癫的念头罢了。"

可她只是继而把莫纳给激怒了。

"疯疯癫癫!"他叫喊道,一把将信插进了口袋,"你干吗老是说'疯疯癫癫'?为什么你不能相信他的话呢?我认识他。他是前所未有的一个大妙人哩!"

"你认识他!"她惊叫道,像是无法相信自己的耳朵似的,"你认识弗朗茨·德·加莱!"

"他是我最要好的朋友,我们是同一伙冒险家,我们情同手足——而我现在偷了他的未婚妻!"

"唉!"他越说越气,"你知道你造成了多大的伤害!就因为不肯相信!这全是你一手造成的。就是因为你才弄得失去了一切,一切……"

她不知所措了,想要说些什么,想去拉他的手,可他却粗暴地将她一把推开。

"走开,别烦我。"

"那好吧,"她说道,声音颤巍巍的,脸颊绯红,眼里满是泪水。"如果事情是那样的话,我会走的——当然会走的。和我姐姐一起回布尔日去。要是你不来找我,你当然知道我父亲太穷,没法把我养在家里的。那样的话,我也只能是回巴黎去了。我会成为流浪者，像以前曾经做过的那样，而既然我把唯一的谋生的活计丢掉了，那你知道我会变成什么样的人的……"

她去收拾自己的物品，带着它们去车站了。莫纳甚至都没有看一眼她离去的身影，继续往前走，不管双脚会把他带向何处。

到这里日记又中断了。

随后有更多的信件草稿，出自一个拿不定主意的人，一个到处漂泊的人。他在费尔特-东吉永写的那些信，表面上是要坚定他永远不去见她的决心，并详细说明这样做的理由，可或许是暗暗希望收到回复。他在某封信里问了她一个有关领地的问题，而当时他心里一片混乱，甚至都没想到过这一点：她知道它是在哪里吗？……

另一封信里他恳求她，要她与弗朗茨·德·加莱重修旧好。他本人会负责去找他的……有几封可能是从未发出过，但肯定寄出过两三封未见回复的信。这是一段内心冲突的时间，一段绝望痛苦和全然孤独的时间。等到没有进一步希望再见到伊冯娜·德·加莱时，他便一定是感到自己的决心减弱了。而我从下面几页——日记最后部分——推断，他是在假期之初的某天早上租了一辆自行车，骑车去布尔日,去"走访那座大教堂"。

一早他就动身出发了,走的是林间那条可爱的直道,一路上肯定是编了上百个借口,试图不失颜面地出现在他所抛弃的那个女子面前,而且用不着请求和解。

最后那几页,我把它们按顺序给排好了,讲述的便是这趟旅行和这个最后的错误……

第十六章　秘密（终篇）

8月25日。在布尔日远端，在最后的郊区的尽头，经过漫长的寻找，他找到了那间屋子。那个女人——瓦朗蒂娜·布隆多的母亲——在门口台阶上像是在等候他似的。她是个长相体面的家庭主妇，有点结实，衣衫破旧，却仍是很有风度。她有些好奇地看着他过来，而当他问起布隆多小姐是否在家时，她便用亲切的语气礼貌地回答说，她们十天前到巴黎去了。

"她们要我保证不说出她们去的是什么地方，"她补充道，"可寄到她们从前那个地址的任何信件都会被转寄的。"

他掉头在小径上推着自行车，心里在想：

"她走了……事情是以我想要它结束的那种方式结束

的……是我把她逼到那个地步的。'你知道我会变成什么样的人的。'她说。而我正是让她沦落的那个人，是我把弗朗茨的未婚妻赶上街头的。"

他低声咕哝道："那就更好了！那样就更好了！"心里很清楚那样就更糟了，而且担心还没走到大门口就会在这个妇女的眼皮底下屈膝跌倒了。

他没心思吃午饭，而是坐在咖啡店里给瓦朗蒂娜写长信，哪怕只是为了宣泄那种涌上来的绝望哭喊，直到差点失声呜咽为止。信上颠来倒去地重复道："你怎么能！……你怎么能！……你怎么能那样降低身份！……你怎么能自暴自弃……"

几名军官在附近一张桌子上喝酒。其中一人在大声讲述风流韵事："……于是我就对她说：'可你一定认识我的，我每天晚上都和你老公打牌呢！'"另外几个大笑起来，转过身在长凳后面吐痰。莫纳神色憔悴，满脸灰土，像叫花子那样盯着他们看。他在想象中看见瓦朗蒂娜和他们在一起，坐在他们膝盖上。

他绕着大教堂骑了一段时间，闷闷不乐地对自己说道:"别忘了,这才是我要来看的东西。"他在每一条小街巷的尽头都看见它,从空寂的广场升向天空,庞大而漠然。街道狭隘而脏污,像那些从乡村教堂向着四方伸展的小巷。他在各处都留意到挂在门道内的红灯笼,那种暧昧的殷勤招徕……莫纳在这片猥亵堕落的区域感到异常的痛楚,此地正如在中世纪时那样,恰是在大教堂支持下才找到庇护所的。对这座所有恶行都被刻入隐蔽角落的庞大建筑物,对这座侧面有妓院林立、不能给纯洁爱情的深深伤痛提供治疗的教堂,他怀着农民的那种恐惧,农民的那种憎恶……

两个姑娘从旁经过,手臂环绕在彼此的腰间,肆无忌惮地朝他看。莫纳骑着车慢慢跟在她们后面,有些厌恶,有些满不在乎,像是要报复或毁掉他的爱情似的。其中一个,将稀薄金发向后盘在假发髻里的那个可怜姑娘,约他六点钟在大主教花园里见面——弗朗茨在一封信里便是约好在那个花园里和可怜的瓦朗蒂娜会面的。

他并没有辞谢,知道六点钟他将在几英里以外了。而有好几次,从陡峭小街的一扇低窗里,那个姑娘朝他不停地挥手。

此刻他是急于要离去了。

可在离开小镇前,他却难以抵御那种阴郁的欲望,想要再一次经过瓦朗蒂娜的家。他出神地凝望着那所房子,像是要在苦涩的记忆中增添这一笔储存似的。这是郊区尽头的房子中的一座,街道逐渐缩小为一条乡间小路。房子对面是一块空地,形成那种像小广场一样的场地。窗户里见不到一张面孔,院子里见不到一个人影,街道上也是阒寂无人,只有一个脸上搽了粉的邋遢姑娘贴着墙根经过,身后拖着两个衣衫褴褛的小孩子。

瓦朗蒂娜正是在那儿度过了童年,在那儿她用天真信任的目光初次向外眺望这个世界。在那些窗户后面,她干活并且学会做针线。弗朗茨沿着这条郊区街道去看她,冲着她微笑。而此刻什么都没留下,什么都没有……那沉寂的下午迁延不去,而莫纳想象着,在某个地方,或许正是在这一刻,瓦朗蒂娜在记忆中看见这个污秽的小小的憩园,而她是不会再归来了。

前方漫长的旅程将是他痛苦的最后一次推延,是他永远沉沦于痛苦的最后一次从容消遣。

在他骑车离开小镇时,迷人的农舍在河岸边的山谷两侧随处可见，树林中闪现出它们覆盖着绿色格子架的尖顶山墙。在那些农舍草坪上，姑娘们必定是在庄重地交换着爱的秘密。这是为有心人而设的背景——那些纯真无邪的灵魂……

可当时对莫纳来说，却只存在着一份爱，刚接触到一半便被无情地拒绝的那份爱，所有其他人当中他应该去保护的那个姑娘，使她免遭他所陷入的万劫不复的邪恶。

日记中几个仓促写下的句子表明，他决心不惜代价趁早找到瓦朗蒂娜。那一页角上的日期似乎表明，莫纳夫人正是为这趟长途旅行在做准备，那天我在费尔特-东吉永出现，把他的计划全盘打乱了。在那个八月下旬的晴朗早晨，在那间空无一人的镇公所，莫纳匆匆记下他的回忆和规划，当时我推门而入，把他全然放弃希望的那些事情都说给他听了。他便再度沉湎于旧日的历险，动弹不得，无法行动也无法招供。而从那一刻起他便忍受着自责、悔恨和悲痛的折磨——有些时刻被压制住了，另一些时刻占了上风，直到他结婚那天为止，当时那声戏剧性的呼叫从树林里传来，让他想起他作为男子汉立下的第一个誓约。

这同一本练习簿里有他在黎明时分匆匆涂写的几句

话，就在快要离别——经她同意却将永远离别——那个结婚才只有几个小时的女子：

> 我要走了。我必须找到那两个游民，他们昨天来到冷杉树林便骑着自行车朝东离去了。如果不能把她的弟弟和瓦朗蒂娜一起带来，看着他们结婚，在弗朗茨自己那间房子里安顿下来，那我就不会回来见伊冯娜了。

这本手稿，起初是当作秘密日记来写的，变成了一篇忏悔录，万一我回不来了，就将是我的朋友弗朗索瓦·索莱尔的财产了。

他准是在那口上学用的旧行李箱中将笔记簿偷偷地塞在了别的本子下面，匆匆转动锁眼里的钥匙，然后便消失不见了。

尾 声

时光流逝了。我放弃了再见到我伙伴的希望,在那间村塾里过着黯淡的日子,或是在那座荒屋里过着忧伤的日子。弗朗茨误了我们讲定的约期。摩瓦奈勒婶婶对瓦朗蒂娜目前的住址则一无所知。

撒伯隆尼埃所提供的一个快乐的来源,便是那个曾经命悬一线的小女孩了。到九月底,她显然会是个结实而漂亮的孩子了。眼下她快满一周岁了。抓住椅子的横档她就会自个儿推动它,试着走路,跌倒又爬起来,发出的喧响在那座寂寞的房子里又唤醒了昔日的回声。我把她抱在怀里时,她是决不会让我吻她的。她一副野性而迷人的样子,扭动着身体,张开小手把我的脸推开,一边尖声大笑着。她那种欢快和活力似乎注定要抹去从她出生之日起便附着于这座房子的哀伤气氛。我有时想:"虽说她性子野,可那一天注定要到来的。到那时,某种意义上她便是我自己的孩子了。"可上天偏偏又是不遂人愿。

九月下旬一个星期天早晨我很早起床了,比那个照看宝宝的农妇起得还早。亚士曼·德鲁什和圣-伯努瓦的两个人要和我一起去歇尔河钓鱼。我与村民关系融洽,他们经常这样带上我去搞偷捕活动——用渔网打渔,而那是被禁止的,或是夜间用手抓鱼。夏天空闲的日子,我会和他们一起天亮时分动身,不到中午不回家。对他们大多数人来讲,这是他们谋生的主要来源。对我来说,这是一项娱乐,是让我会想起从前无忧无虑的短途旅行的仅有的消遣。我终于对这些活动有了极大的爱好,远程漫步啦,在河岸边或大池塘的芦苇丛里垂钓啦。

单单在那天早晨,我五点半起床,便走到外面围墙边的小破屋,而那堵围墙将撒伯隆尼埃的花园与农场厨房的菜园隔开。我忙着将上星期四扔作一堆的渔网解开理顺。

太阳还没有升起来。在那晴朗的九月黎明的晨曦中,我仓促整理钓具的那间棚屋里仍有些黑蒙蒙的。

我在那儿静悄悄地摸索着,这时我听到大门的咔嗒声和砾石上的脚步声。

"真讨厌!"我心想,"他们提前到来而我还没准备好呢。"

可那个走进花园的人却是个陌生人。我能看清楚,他是个高个子,蓄着胡须,穿着打扮和我在等候的那些小伙子差不多,可他并没有朝棚屋走过来,而那些人知道约定时间是可以在那儿找到我的,他反而朝房子前门走去。

我心想:"这是他们没跟我说就邀请了的一个伙伴,而他们派他过来侦察……"

那个陌生人试了试房门把手,敛声静气,小心翼翼。可我出来时将门锁上了。于是他便试了试厨房门的把手。接着便犹豫了片刻,朝我转过身来,而我在苍白的晨光中看见了他的正面。那时我才认出来这是大莫纳。

一时间我站着没动——惊慌、绝望、无助,随着他的归来而突然被唤醒的那种深深的痛楚。他去了房子后面,眼下又露面了,仍显得迟疑不定。

接着我便朝他走过去,抱住他,抽泣着,一句话都说不出来。

他顿时便明白过来:

"那她是死了。"

他站立不动，木无知觉，令人生畏。我抓住他的胳膊，轻轻催促他朝房子走去。天色正在发亮。我立即带他到楼上那间她死去的房间，以便将那最糟糕的时刻度过。他走到床边，跪倒在地，把脑袋久久地埋在胳膊里面。

最后他站起身来，眼色骇人，跌跌撞撞，茫然不知所措。而我又抓住他胳膊把他领进隔壁房间，它现在成了一间育儿室。奶妈在楼下时小宝宝独自醒来了，在摇篮里支起身体形成了坐姿。她让人看见的只有她的脑袋，而她的眼睛转过来惊讶地望着我们。

"这是你的小姑娘。"我说道。

于是他把小孩子抱起来，搂在怀里。起初他几乎是看不见她，因为泪水模糊了双眼。接着，像是对自己的眼泪和柔情觉得尴尬似的，虽说仍是把小宝宝紧紧搂在胸口，他便转过身来对我说道：

"我把他们两个都带回来了……你可以到他们自己的房子里去拜访他们。"

而事实上，将近晌午时分，我若有所思地，简直是快快乐乐地，朝伊冯娜·德·加莱最先向我展示而当时是一具空壳的那座房子走去，我从远处看见一个戴着白领子的年轻家庭主妇在打扫门前的台阶，让几个穿着星期天服装去做弥撒的小牛倌大为惊奇和崇拜……

与此同时，那个小宝宝被搂得那么紧而觉得厌烦起来了，而奥古斯丁则把脸转了开去，要不是在抹去眼泪，没能够和她的目光相遇，她便在他大胡子的嘴上给了一记清脆的小小的巴掌。

这一次他把她高高地举向空中，将她一上一下地颠着，望着她而不由得想要大笑了。这就够了，而她则赞许地拍着小手……

我后退一步以便好好看着他们。有点儿气恼却是感到不胜惊羡，我可以看到那个孩子终于找到了下意识里在等候着的伙伴……我可以看到大莫纳把他留给我的那个喜悦来收回了。而我已经在想象中看见，在夜里，他把女儿裹进斗篷，带上她去进行一段新的历险了。

图书在版编目（CIP）数据

大莫纳/(法) 阿兰-傅尼埃著；许志强译. -- 上海：上海文艺出版社，2023
ISBN 978-7-5321-8572-6
Ⅰ.①大… Ⅱ.①阿… ②许… Ⅲ.①长篇小说－法国－现代 Ⅳ.①I565.45
中国版本图书馆CIP数据核字(2022)第215615号

发 行 人：毕　胜
策划编辑：苏　远
责任编辑：江　晔
封面制作：周伟伟

书　　名：大莫纳
作　　者：[法] 阿兰-傅尼埃
译　　者：许志强
出　　版：上海世纪出版集团　上海文艺出版社
地　　址：上海市闵行区号景路159弄A座2楼 201101
发　　行：上海文艺出版社发行中心
　　　　　上海市闵行区号景路159弄A座2楼206室 201101 www.ewen.co
印　　刷：启东市人民印刷有限公司
开　　本：1092×889　1/32
印　　张：11.125
字　　数：165,000
印　　次：2023年2月第1版 2023年2月第1次印刷
I S B N：978-7-5321-8572-6/I.6752
定　　价：60.00元
告 读 者：**如发现本书有质量问题请与印刷厂质量科联系　T：0513-53201888**